Un aller sans retour

Chantale Côté

Un aller sans retour

Roman

ÉDITIONS FRANCE LOISIRS

Édition du Club France Loisirs,
avec l'autorisation des Éditions JCL inc.

Éditions France Loisirs,
123, boulevard de Grenelle, Paris.
www.franceloisirs.com

Édition originale : septembre 2014

ISBN : 978-2-298-10020-4

Un grand merci à Patrick et Daniel,
ainsi qu'à leur famille, qui nous ont fait découvrir
leur merveilleux coin de pays, la Dordogne.
Leur générosité n'a eu d'égale que leur hospitalité
et nous garderons toujours d'eux un excellent souvenir.
J'espère que ce roman leur rappellera également
ce qu'il y avait de bon et de sincère entre nous.

CHAPITRE 1

Je suis partie en voyage et je ne suis jamais revenue… La Dordogne a ravi mon cœur.

Nous étions partis, mon mari, Simon, et moi, pour la France. Notre périple devait durer trois semaines et il avait pour but premier de visiter plusieurs châteaux de la Loire et de la Dordogne. Je jugeais cela, pour ma part, trop court – j'en rêvais depuis si longtemps –, mais Simon n'avait accepté qu'avec la promesse de visiter quelques vignobles en chemin. Je la lui avais accordée sans hésitation, sensible au fait que, même si ce genre de voyage ne le passionnait pas autant que moi, il se pliait à mes désirs de bonne grâce.

Ah ! La Dordogne… Je ne connaissais rien de cette région, mais Simon avait insisté pour y aller après avoir lu que les vignobles y abondaient et je n'y avais consenti qu'à cause des nombreux châteaux médiévaux qui y étaient répertoriés. Sinon, cela ne m'attirait pas outre mesure. Paris, la Provence, la Côte d'Azur sont des destinations très courues et on a tendance à oublier la richesse que peuvent contenir les plus petits écrins.

Je ferme les yeux et les souvenirs affluent. Région de châteaux, mais aussi de bastides et d'abbayes chargées d'histoire ; les routes vallonnées qui serpentent entre les platanes et les vignes, où la transition entre le soleil et l'ombre est si soudaine qu'on a parfois l'impression de s'être assoupi et de se réveiller en sursaut ; les champs de lavande ou de tournesols, immenses, et aux mouvances chatoyantes semblables aux vagues de la mer ; les ruelles pavées aux pierres tellement polies par les siècles qu'elles ont l'air gorgées de soleil ; les lucarnes aux volets rabattus sur les murs avec leurs rideaux en dentelle qui voltigent ; les fenêtres tout en hauteur sur le bord desquelles le chat de la maison aime se prélasser ; les portes grandes ouvertes sur la rue qui ressemblent aux bras tendus d'un ami ; les cours grandes comme des mouchoirs, cachées aux regards par des murailles en pierre ; les grandes serviettes-éponges séchées au grand air, imprégnées de tous les parfums de la terre ancestrale ; la pénombre des églises où les pierres froides ont été modelées par toutes ces mains qui les ont effleurées au cours des siècles ; les cloîtres où le temps semble suspendu et où le moindre mouvement de l'air sur la peau nous plonge dans des visions d'un autre monde ; les châteaux médiévaux juchés entre ciel et terre, qui ont l'air d'avoir été vomis par la montagne tellement ils y sont bien intégrés.

Les pierres, toujours les pierres, vivantes de toutes ces vies qu'elles ont vu défiler, ces pierres que mes mains réchauffaient – ou peut-être était-ce le contraire –, que je sentais palpiter et frémir sous mes paumes et qui m'émouvaient jusqu'aux larmes.

Combien d'amoureux ont-elles vus passer ? Combien de peines ont-elles soulagées ? Combien de vœux ont-elles exaucés ? Combien de cœurs ont-elles capturés ?

Le mien, je l'ai déjà dit. Pourtant, je croyais bien qu'il était à l'abri et que Simon en était le gardien absolu.

CHAPITRE 2

Simon et moi étions mariés depuis vingt-deux ans et, pendant toutes ces années, nous n'avions pas connu de véritable crise conjugale. J'avais dix-neuf ans lorsque je l'avais rencontré et, lui, vingt-sept. Douze mois plus tard, nous convolions en justes noces. Même à cette époque, il était déjà sérieux, mais c'était justement ce trait de caractère qui m'avait séduite.

Tout me prédisposait à ce genre de relation. En effet, l'exemple de mes parents ne m'encourageait guère à rechercher l'amour à un si jeune âge. Ma mère était devenue enceinte de moi à dix-sept ans, et un mariage précipité avait été organisé par les familles concernées sans même que mon père soit consulté. Trois ans plus tard, il avait disparu de nos vies et n'avait plus jamais donné de nouvelles, ni à nous ni à ses parents. J'avais treize ans lorsque nous avions appris sa mort. Il faisait des courses amateur, et son bolide avait pris feu après avoir fait plusieurs tonneaux.

Maman avait applaudi, je m'en souviens très bien. C'est peut-être pour ça qu'elle se tua un an plus tard dans un accident de la route. Elle avait bu ; alors, on ne pouvait blâmer personne d'autre qu'elle, mais, du haut de mes quatorze ans, j'avais décrété que c'était un juste retour des choses.

Mon père, dont je n'avais pratiquement aucun souvenir, m'avait toujours manqué, tandis que ma mère, qui m'avait élevée, était une source de honte pour moi. Elle était alcoolique et j'évitais le plus possible de me montrer en sa compagnie.

Évidemment, j'aurais pu mal tourner, mais je me suis plutôt donné le défi de racheter les fautes de mes parents par ma conduite exemplaire. Orpheline à quatorze ans, je partis vivre avec ma grand-mère jusqu'à sa mort. J'avais alors dix-huit ans et j'étais parfaitement autonome.

Les garçons ne m'intéressaient pas. Je les trouvais immatures et, surtout, je voulais profiter de ma jeunesse avant de m'engager pour la vie.

C'était ainsi que je voyais les choses lorsque j'avais fait la rencontre de Simon.

Son parcours à lui était tout le contraire du mien. Il avait été élevé par ses deux parents, qui formaient un couple parfait. J'étais d'ailleurs tombée sous leur charme avant même que mon amour pour Simon s'épanouisse. À eux trois, ils constituaient exactement le modèle de famille dont j'avais toujours rêvé. Lorsque j'avais accepté la demande en mariage de Simon, je savais quel genre d'existence m'attendait et je ne souhaitais rien de plus.

Néanmoins, au fil des années, un certain ennui s'était installé dans mon cœur, surtout après le départ de notre fils, David. J'étais toujours heureuse avec Simon, je ne doutais pas de notre amour et j'étais convaincue que nous vieillirions ensemble, mais je sentais une légère fêlure dans notre couple. Trop de routine, pas assez de communication, un laisser-aller au niveau des sentiments, rien de très grave, mais l'éloignement pointait son nez. J'avais donc décidé de prendre les choses en main en orchestrant ce voyage en amoureux qui, j'en étais convaincue, nous rapprocherait immanquablement.

Je n'avais pas dit à Simon ce que j'espérais retirer de notre périple en terre française, car je savais d'expérience qu'il repousserait mes incertitudes du revers de la main. Pour lui, tout allait toujours pour le mieux. Il menait exactement l'existence qu'il avait toujours souhaitée et il ne désirait rien y changer.

J'aurais voulu pouvoir encore être du même avis, mais j'avais maintenant besoin de plus. Lorsque nous reviendrions de nos pérégrinations, je ne doutais pas une seconde qu'il me remercierait pour le renouveau qu'elles nous auraient apporté.

CHAPITRE 3

Nous avions loué une voiture à l'aéroport Charles-de-Gaulle et nous avions pris la route, insouciants et heureux, malgré le ciel orageux et la pluie intermittente qui nous avait accueillis à notre descente de l'avion. Ce soir-là, nous avions prévu de dormir à Orléans, où nous étions parvenus vers dix-sept heures, après maints errements. Notre humeur avait légèrement chuté et la ville nous parut triste, le décalage horaire et la fatigue n'étant certainement pas étrangers à ces sentiments négatifs. Soudainement, j'envisageais ces trois semaines de vacances comme une suite de jours interminables, et le fait que nous n'avions rien planifié m'emplissait de doutes, chassant le sentiment de liberté qui nous avait fait choisir ce type de voyage.

Toutefois, un bon repas, une bonne bouteille de rouge et une bonne nuit de sommeil vinrent à bout de mes appréhensions et, le lendemain matin, un rayon de soleil timide, mais déjà bien perçant, en s'introduisant entre les rideaux mal fermés, paracheva ma guérison.

La Loire étincelait et s'étirait à perte de vue, et j'en inspirai les effluves avec délice après avoir repoussé largement les fenêtres, faisant fi des grognements de Simon qui protestait contre cette intrusion forcée dans ses rêves.

— Allez, debout, paresseux ! On n'est pas venu en France pour dormir.

Cela allait devenir mon leitmotiv pour tout le voyage, trois semaines me paraissant subitement tout à fait insuffisantes.

J'avais déjà étalé la carte sur le lit avant même que Simon réalise que le décor qu'il contemplait ne s'apparentait pas du tout à celui de notre maison saguenéenne.

— Delphine, tu ne penses pas que tu pourrais avoir la délicatesse de me laisser sortir du lit avant de boucler les valises ?

— C'est déjà fait... Mais non, c'est une blague. Je suis tout excitée par ce qui nous attend. Regarde comme il fait beau, j'ai l'impression que le soleil nous fait signe de le suivre.

— On le suivra, on le suivra, ne t'inquiète pas. Mais pas avant que tu m'aies fait un câlin.

Je relevai la tête et le dévisageai, agréablement surprise. Mon mari n'avait pas l'habitude de ces petits gestes amoureux. C'était plutôt moi, d'habitude, qui quémandais son attention, et il donnait parfois l'impression d'être un peu exaspéré par ce qu'il considérait comme des enfantillages. Cela ne voulait pas dire que je doutais de son amour, mais

Simon était plutôt du genre cartésien, ce que j'attribuais, peut-être à tort, à sa profession de psychiatre. Il apprenait aux gens à nommer leurs sentiments, à les reconnaître, mais pas à s'appesantir dessus, ce qui était manifestement mon cas, d'après son opinion professionnelle. Je préférais croire qu'il appréciait mes constantes attentions, puisqu'il les recherchait lorsque j'en diminuais la fréquence.

Amusée, je m'approchai de lui en guettant la réaction qu'il ne pouvait s'empêcher d'avoir chaque fois que je le prenais en demande d'affection : il rougit un peu et prit un air indifférent qui ne trompait que lui-même. Je me glissai sous le drap et, malgré tout, il m'enlaça et me serra étroitement contre lui.

Ces moments d'abandon étaient précieux à mes yeux. Comme la plupart des vieux mariés, la passion nous avait peu à peu quittés au fil des ans. On disait dans les magazines que c'était normal, mais, quant à moi, à quarante-deux ans, je ne me sentais pas vieille et faire l'amour une ou deux fois par mois ne me convenait pas. De plus, la plupart du temps, tout était consommé en quelques minutes à peine et je me consolais en me répétant que, si la passion n'était plus au rendez vous, l'amour, par contre, n'avait jamais cessé de grandir.

Ce matin-là, Simon me prit au dépourvu. Il me signifia un désir tout à fait inattendu et inespéré. Je m'y pliai avec empressement, toute disposée à oublier ma hâte de partir et espérant que la nouveauté du voyage lui ferait retrouver des ardeurs depuis longtemps oubliées.

Dix minutes plus tard, je laissais la douche effacer les dernières traces de ma déception.

CHAPITRE 4

Nous évitions les autoroutes autant que possible, privilégiant les routes nationales bordées d'arbres qui traversaient de charmants villages où nous faisions de fréquentes haltes.

Notre humeur était au beau fixe. Comme d'habitude, Simon n'avait pas décelé mon désappointement passager du matin. Ce n'était pas faute, pourtant, d'être attentif, mais, malgré le peu de temps qu'il consacrait à la chose, je réussissais à y trouver mon compte, ce qui m'évitait de faire semblant.

Notre première visite officielle était au château de Chambord, le plus vaste et le plus imposant des châteaux de la Loire. Pendant plus de deux heures, un guide nous fit pénétrer dans l'univers enchanteur du roi François Ier avec un tel enthousiasme que je me sentis aspirée dans le tourbillon du passé à plusieurs reprises.

Attablés à un petit restaurant situé dans le parc de Chambord, nous déjeunions d'une quiche et d'une salade, accompagnées d'une bière en fût, et mes regards se portaient inlassablement sur l'immense bâtisse aux nombreuses cheminées et aux quelques tours en pierre de tuffeau qui se dessinaient sur un ciel d'une pureté exceptionnelle. J'imaginais les rois ou les seigneurs avec leurs caravanes longues de plusieurs milles, composées de meubles, de vêtements, de nourriture, de tapisseries, d'animaux, débarquer ici pour un court séjour de chasse dans la réserve entourant le château. Tant de richesses, tant de magnificence pour n'être habité que pendant douze années en tout et pour tout sur une période de quatre siècles...

Je reportai mon attention sur mon compagnon. Il avait lui aussi le regard perdu dans le vague.

— Tu as aimé ? lui demandai-je.

Il me regarda et me sourit, parfaitement détendu. Il était rare de le voir ainsi. Son travail exigeant ne le portait pas tellement à la détente, d'habitude.

— Je dois admettre que j'ai adoré. Visiter des châteaux ne m'emballait pas outre mesure, mais, finalement, je trouve ça très instructif.

— L'histoire me passionne plus que je l'aurais cru. Je regrette de ne pas m'y être attardée dans ma jeunesse. C'est difficile de s'y retrouver dans toutes ces époques et ces rois.

— Moi, ce sont plutôt les détails d'architecture qui m'intéressent. Le guide en connaissait un bout là-dessus. Comment s'appelait-il, déjà ?

— Philippe.

— Je l'ai trouvé très intéressant. S'ils sont tous comme lui, on sera chanceux.

— Tu as remarqué comme il semblait passionné ? Pourtant, il doit avoir fait visiter cet endroit des milliers de fois.

— Il aime son travail, ça se voit.

Derrière Simon, j'aperçus soudain l'homme dont on parlait. Il avait un plateau à la main et se dirigeait vers une table libre non loin de la nôtre. Il était seul. Je ne pouvais m'empêcher de le détailler. Il n'était pas beau selon les canons de la mode, mais son allure générale me plaisait. Il avait les cheveux bruns très courts et les yeux noisette ; rien qui sortait de l'ordinaire, mais il dégageait un je-ne-sais-quoi qui m'attirait. Il n'était pas très grand, mais il était bien bâti. Je lui donnais à peu près trente-cinq ans. Il dut se sentir observé, car il tourna brusquement les yeux dans ma direction. Il me sourit et leva son verre vers moi, comme pour porter un toast. Durant la visite, il m'avait manifesté un intérêt particulier à cause de ma façon de caresser les pierres et cela m'avait troublée ; aussi, je rougis comme une idiote, mais répondis néanmoins à son salut. Mon mari se retourna pour voir à qui je souriais. Bêtement, je me sentis prise en défaut et je m'étouffai avec une gorgée de bière.

— Tu aimerais qu'on l'invite à notre table ?

— Non, nous avons terminé, de toute façon. Nous devons reprendre la route.

Visiblement surpris, Simon se dépêcha d'avaler sa dernière gorgée pour me suivre. Je constatai alors avec embarras qu'il n'avait pas entièrement fini son assiette. Pourquoi avais-je tellement hâte de m'éloigner, tout à coup ?

CHAPITRE 5

Après notre déjeuner tardif, nous avions repris la route vers Blois. Notre première préoccupation était de trouver un endroit où dormir, et l'office du tourisme où nous nous étions présentés nous dirigea vers Villebarou, un village situé à cinq kilomètres de la grande ville. Un ancien médecin à la retraite y louait des chambres d'hôte, et son grenier était libre pour la nuit. La maison était magnifique, les propriétaires, sympathiques, et nous étions enchantés.

Les visites guidées se terminant à seize heures, nous avions visité le château de Blois – dont on dit qu'il fut la résidence favorite des rois de France à la Renaissance – à l'aide d'un enregistrement, ce qui nous déçut un peu malgré la beauté incontestable du lieu. Malgré moi, j'eus une pensée pour Philippe. Un appareil ne pouvait évidemment pas nous faire vibrer de passion, et l'homme avait incontestablement un don pour ça.

Cette réflexion en amenant une autre, je laissai dériver mon esprit vers un lieu que je me refusais habituellement d'explorer trop profondément : mon insatisfaction sexuelle. Étendue près de mon mari, dans cette chambre aux poutres apparentes noircies par les ans, je prenais conscience que cela me rendait vulnérable. Il n'y avait aucun mal à regarder d'autres hommes, mais j'avais de plus en plus de difficulté à refréner mes fantasmes.

J'aimais Simon et il ne faisait aucun doute dans mon esprit que seule la mort pourrait me séparer de lui. Notre couple était solide et nous étions heureux ensemble. Nonobstant ce que j'appelais ironiquement mes petits désordres intérieurs, il n'y avait que ce léger problème qui accrochait entre nous. Mais était-ce vraiment un *léger* problème ?

La boîte de Pandore avait été ouverte, autant en vider le contenu.

Simon n'avait jamais été très porté sur le sexe, je devais bien l'admettre. À quarante-deux ans et après vingt-deux années de mariage, essayer de nier l'évidence ou d'en minimiser l'importance relèverait de la plus grande naïveté. Même au début de notre vie commune, alors que la passion de la nouveauté et de la découverte aurait dû le remplir d'ardeur, je me souvenais encore de certaines initiatives de ma part qui n'avaient pas trouvé d'écho chez lui. Par contre, si déjà à cette époque j'avais à me plaindre de la fréquence de nos rapports sexuels, du moins il y mettait tout le temps voulu, contrairement à la façon dont les choses se passaient à présent.

Quand avais-je renoncé à cette part de bonheur ?

CHAPITRE 6

Notre itinéraire du lendemain était de visiter le château de Chenonceau et celui d'Azay-le-Rideau. Partis de grand matin, nous longions la Loire en direction de Tours.

Mes réminiscences de la veille m'avaient tenue éveillée une bonne partie de la nuit et je me sentais plutôt engourdie, surtout avec le soleil qui perdurait sans faiblir. Au matin, je m'étais lovée contre le dos de Simon, bien décidée à mener le jeu ; j'en étais venue à la conclusion, au cours de mon insomnie, que je devais manifester plus ouvertement mes désirs. Comment pouvais-je reprocher à mon mari de me négliger si je ne lui signifiais jamais mon insatisfaction ?

Le fiasco avait été total, même s'il avait quand même eu la délicatesse de ne pas me repousser, ce qui, tout compte fait, aurait été préférable, plutôt que de subir un échec de ce genre. Finalement, nous nous sentions tous les deux humiliés. C'était la première fois que nous étions confrontés à cette situation, et la peine que j'en ressentis n'échappa pas à Simon, ce qui donna lieu à une pénible discussion.

— La dernière chose à faire dans ce genre de situation, c'est d'en faire tout un plat. Ça met de la pression où il ne devrait y avoir que du désir.

— Oh ! Cesse de parler comme un psychiatre ! Je ne suis pas une de tes patientes, je suis ta femme.

— Ça ne change rien à l'affaire, je suis désolé de te le dire.

— Ce sont juste des mots, même s'ils sont vrais. Ils ne tiennent pas compte des sentiments.

— Tu crois peut-être que je n'en ai pas ? Tu m'as sauté dessus sans même demander si j'en avais envie. Je n'ai pas voulu te repousser pour ménager tes sentiments, justement.

— Je t'ai sauté dessus ? C'est comme ça que tu vois les choses ? Est-ce que je dois en déduire que tu t'es senti obligé ?

— J'ai senti dans ton attitude que je ne pouvais pas refuser, effectivement.

— C'était une démonstration d'amour, Simon. Je ne comprends pas ce que mon attitude avait de différent par rapport aux autres fois où j'ai pris l'initiative.

— Tu étais résolue, comme s'il y avait une fin à atteindre, comme si tu devais te prouver quelque chose.

— Est-ce que tu me désires encore, Simon ?

— Voilà ! On en arrive au point crucial du débat. Tu doutes de moi parce que mes besoins sexuels sont moins intenses que les tiens.

— Tu n'as pas répondu à ma question.

— Je t'aime et je te désire encore. Je te trouve encore plus belle dans ta maturité que dans ta jeunesse. Est-ce que je te néglige tant que ça, Delphine ?

— Avoue que tu n'es pas très démonstratif, et je ne parle pas seulement au point de vue sexuel.

— J'ai toujours été comme ça. Pourquoi est-ce un problème, tout à coup ?

— Ça me manque, parfois, c'est tout. Peut-être que c'est parce que je me sens vieillir et que j'ai besoin d'être rassurée.

— Madame ne fait plus tourner les têtes et s'inquiète de son charme ?

— Ne ris pas de moi, ce n'est pas drôle du tout.

— D'accord, excuse-moi. Je voulais seulement alléger un peu l'atmosphère. Je te promets de faire des efforts, mais jure-moi de ton côté que tu ne douteras plus de moi.

J'avais acquiescé et un baiser avait scellé nos promesses, mais une légère amertume m'était restée au cœur : pour ma part, je n'avais jamais eu à faire d'efforts pour prouver mon amour à mon mari.

Le château de Chenonceau, dit le château des Dames, avait été érigé sur le Cher, de sorte qu'il servait de pont entre la rive droite et la rive gauche du cours d'eau. Après avoir stationné l'auto, nous avions suivi une longue allée, et, tout à coup, il était apparu devant nous, majestueux, flanqué de chaque côté de ses magnifiques jardins, celui de Catherine de Médicis et celui de Diane de Poitiers, respectivement épouse et favorite du roi Henri II.

À la billetterie, on nous avait informés qu'une

visite guidée débutait quinze minutes plus tard. Nous nous étions donc promenés un peu à travers les massifs de fleurs et d'arbustes et nous nous étions ensuite dirigés vers le point de rencontre, la tour des Marques.

Ce fut Simon qui reconnut Philippe alors que nous nous approchions, et mon cœur rata un battement.

— Tiens, mais c'est Philippe, notre guide de Chambord. Excellent ! Tu te souviens comment il nous avait captivés ?

Je ne m'en souvenais que trop bien. N'avais-je pas rêvé de lui la nuit précédente ? Il nous avait aperçus à son tour et nous adressait un large sourire.

— Voilà les Québécois amateurs d'histoire ! Ça va ? Votre voyage se déroule bien ?
— À merveille ! Je croyais qu'on ne vous affectait qu'à un seul endroit, répondit Simon.
— Ça dépend. Moi, j'aime changer de place. Du coup, on ne s'enlise pas, on garde nos connaissances à jour, vous comprenez ?
— Ce n'est pas trop difficile de se retrouver dans toutes ces époques différentes, de se rappeler toutes ces dates ? continua Simon, dont l'intérêt me surprenait.
— Pas si on ne se concentre pas sur un seul monument, justement.
— Nous sommes très heureux de te revoir. Tu sais nous transmettre ta passion, c'est ce qui fait que c'est si intéressant, reprit Simon, décidément

enthousiasmé par cette rencontre imprévue, lui qui était, habituellement, plutôt réservé avec les inconnus.

— Merci, merci beaucoup ! Bon, il est l'heure, je crois que tout le monde est arrivé. On se reparle après ?

— D'accord.

Je n'avais pas dit un seul mot. Je souriais et j'acquiesçais, mais ma spontanéité naturelle me faisait défaut. Je sentais que mon mutisme rendait Philippe un peu perplexe et j'évitais de regarder mon mari, de peur de lire la même chose dans son regard.

Tout au long de la visite, Simon se plaça au premier rang du groupe, donc très près de notre guide. Il ne voulait pas manquer une miette des explications et j'étais bien forcée de le suivre. J'étais de plus en plus troublée, car certaines rêveries impudiques remontaient à la surface, que la discussion du matin m'avait momentanément fait oublier. Dans ce rêve, Philippe avait pris la place de mon mari dans mon lit et les caresses que nous avions échangées me faisaient rougir à retardement.

Les fantasmes ne m'étaient pas inconnus ; j'y avais parfois recours pour précipiter un orgasme qui tardait à venir alors que Simon avait déjà conclu, mais de souhaiter être à la place de l'héroïne dans un film d'amour joué par son acteur préféré ne faisait de mal à personne et ne portait pas à conséquence. Si je n'avais pas revu Philippe – après tout, la probabilité qu'on le retrouve sur notre chemin n'était-elle pas pratiquement nulle ? –, je n'y aurais certainement plus jamais repensé, mais le sort me jouait un mauvais tour. Ce n'était pas le moment de rêver à un autre homme, alors que je tentais d'attiser la flamme entre mon mari et moi. Ce Philippe venait brouiller les cartes et cela me désarçonnait.

En outre, l'intérêt que Simon lui témoignait n'arrangeait rien. Il ne me restait qu'à espérer que nos routes se séparent définitivement après cette visite.

CHAPITRE 7

Comme la veille, nous avions déjeuné à l'ombre du château, avec la seule différence que Philippe était attablé avec nous.

Je dus faire contre mauvaise fortune bon cœur.

Lui et Simon sympathisaient tellement que je me détendis peu à peu et, bientôt, je participai à la conversation avec entrain. Philippe était très cultivé, c'était ce qui impressionnait mon mari, mais moi, c'était sa sensibilité qui me touchait. Lorsqu'il parlait des pierres, de leur histoire, de la vie dont elles témoignaient, des siècles qu'elles avaient traversés, du respect qu'il leur vouait, des frémissements qu'elles faisaient naître sur sa peau, ma gorge se serrait parce que c'était ce que je ressentais. Je n'osais pas en parler à Simon, j'avais peur qu'il ne comprenne pas, mais Philippe, lui, l'avait détecté au premier regard.

Il parlait beaucoup avec ses mains et je les regardais bouger avec émotion, modeler et caresser des surfaces imaginaires, et des ondes brûlantes me secouaient malgré moi.

— Delphine, tu es toute rouge, tout à coup. Ça va ?

— Il fait si chaud, vous ne trouvez pas ?

— On est à l'ombre, pourtant. Tiens, bois un peu d'eau, ça te rafraîchira.

Je plongeai le nez dans mon verre et bus une longue gorgée. Je ne devais pas laisser mon esprit s'égarer ainsi.

— Il me semble que nous devrions reprendre la route, non ?

— Où avez-vous l'intention de dormir, ce soir ?

— Nous voulons visiter le château d'Azay-le-Rideau, répondis-je. Donc, nous passerons la nuit dans le coin.

— J'ai des amis qui louent une chambre d'hôte, là-bas. Je pourrais les appeler et voir si elle est libre. Qu'en dites-vous ?

— Ce serait super, ça nous éviterait de chercher ! s'exclama Simon avant même que je puisse décliner l'offre.

J'avais de plus en plus chaud et je trouvais dangereux de côtoyer Philippe ne serait-ce qu'une minute de plus. Je me levai de table et les laissai régler les détails de l'affaire.

Lorsque je revins des toilettes, tout était arrangé ; Florence et Bernard nous attendaient pour l'apéritif. Cette fois-ci, les adieux étaient certainement définitifs, car Philippe nous avait annoncé que c'était sa dernière visite avant ses vacances. Donc, nous n'aurions vraisemblablement plus l'occasion de nous revoir sur un site touristique. « Tout s'arrange donc pour le mieux », pensai-je, ignorant volontairement la pointe de regret qui me transperçait.

Nous reprîmes la route et, selon nos plans, nous nous rendîmes à Azay-le-Rideau. Si le château de Chenonceau faisait penser à un pont, celui d'Azay-le-Rideau ressemblait à une île ; l'Indre le cernait de toutes parts. C'était le plus petit de ceux que nous avions visités jusqu'à ce jour, mais il était tout aussi magnifique. Malheureusement, le guide qui nous conduisait n'avait pas le don de Philippe pour nous emporter au-delà des siècles.

Toutefois, je sentais que Simon commençait à être un peu blasé des châteaux. Le lendemain, la visite de La Rochelle était au programme et présenterait une diversion intéressante, en l'occurrence. Pour l'instant, nous étions attendus pour l'apéritif.

CHAPITRE 8

La maison de Florence et de Bernard, les amis de Philippe, avait environ cent trente ans et ils élevaient des animaux pour le plaisir. Divers enclos parsemaient leur immense terrain : des cochons, des poules, des oies et des cochons d'Inde les habitaient. Ils nous accueillirent chaleureusement et nous aidèrent à monter nos bagages. La chambre avait beaucoup de charme, mais nous nous y attardâmes juste le temps de nous doucher rapidement.

Une table avec parasol était installée dehors et nos hôtes nous y attendaient avec un visiteur inattendu… Philippe se leva à notre arrivée et rit de voir la surprise se peindre sur nos visages.

— Après votre départ, j'ai décidé de venir coucher ici aussi, la route étant trop longue jusque chez moi.

— C'est où, chez toi ? demandai-je, mon cœur oscillant entre la consternation de le trouver encore une fois sur notre route et l'agitation intérieure que je ne pouvais m'empêcher de ressentir en sa présence.

— Marmande, dans le Lot-et-Garonne.

— Nous avons prévu de visiter la Dordogne, dit Simon, tout à fait inconscient du trouble qui m'agitait. Je crois que c'est dans le même coin, non ? Il paraît qu'il y a de beaux vignobles, par là-bas.

— C'est vrai et les châteaux y sont nombreux.

Là-dessus, Philippe m'adressa un sourire et un clin d'œil complice qui me firent rougir. Cela devenait vraiment inconvenant. Il me remuait beaucoup plus qu'il n'aurait fallu pour la paix de mon esprit... et de mon corps. Je devais me ressaisir avant que Simon remarque quelque chose. Je me rapprochai de lui et le pris par la main avant de me retourner vers Philippe.

— Je crois que Simon en a assez, des châteaux.

— Au fait, comment avez-vous trouvé celui d'Azay ?

— Très charmant, quoique plus modeste que les autres, répondis-je.

— Il a été bâti par un financier et non par un roi, c'est là toute la différence. Si vous le voulez, je pourrais vous faire une liste des plus beaux endroits à visiter en Dordogne. Certains châteaux, bien sûr, on ne peut guère y échapper, mais également des abbayes, des églises, des villages pittoresques, des grottes préhistoriques, sans oublier les vignobles. À moins que vous n'ayez déjà votre plan.

— Non, nous avions l'intention de prendre des renseignements à l'office du tourisme. Ce sera bien mieux si c'est toi qui nous conseilles, dit Simon en lui assénant une tape amicale dans le dos.

— Trinquons, alors !

Nous avons tous les cinq levé nos verres et bu à l'amitié. Je croisai le regard de Philippe par-dessus ma coupe, et la gorgée de vin que j'avalai me remplit d'une chaleur inhabituelle.

La conversation était consacrée à des sujets d'intérêt général, et j'appris bientôt que notre guide préféré était marié. Bêtement, cela me surprit. Je me trouvai sotte de ne pas y avoir pensé et surtout d'en être mortifiée.

Finalement, Florence nous cuisina des pâtes, et nous mangeâmes dehors, éclairés par des chandelles. Le vin coulait à flots et les rires fusaient de plus en plus fort. Je sentais souvent le regard de Philippe sur moi et il me faisait de plus en plus d'effet. Mes inhibitions s'étaient envolées comme par miracle, ou plutôt elles s'étaient noyées dans les vapeurs de l'alcool. Je ne me souciais plus de savoir si Simon le remarquait. Je me sentais belle et désirable et je réalisais avec tristesse que cela ne m'était plus arrivé depuis longtemps.

Florence était retournée à l'intérieur chercher une autre bouteille et, tout à coup, une musique entraînante s'éleva dans le jardin. Philippe poussa une exclamation de joie et me tendit spontanément la main pour m'inviter à danser. J'hésitai et me tournai vers Simon, mais il me fit des signes véhéments de dénégation ; il ne voulait jamais danser, mais moi, j'adorais ça.

Je saisis la main de Philippe et me laissai entraîner, mes derniers scrupules envolés dans la nuit.

CHAPITRE 9

Nous nous étions couchés passablement éméchés. Simon ronflait près de moi, l'alcool lui faisant toujours cet effet-là.

Je ne dormais pas, mais ce n'était pas à cause de cela. Je repassais en pensée la dernière heure, chaque pas de danse, chaque pression des mains, chaque effleurement... C'était une torture, mais combien délicieuse ! Il y avait longtemps que je ne m'étais pas sentie aussi vivante. J'avais l'impression d'avoir rajeuni de dix ans.

Je me levai doucement et m'enfermai dans la salle de bain. Je me détaillai dans le miroir au-dessus du lavabo. Hum... Pas mal pour une femme de quarante-deux ans. Mes cheveux, que je portais à la hauteur des épaules, étaient artistement teints d'un mélange de brun et de blond et la peau de mes pommettes était lisse. J'avais quelques rides au coin des yeux, mais elles n'étaient pas trop apparentes.

Je ne voyais pas mon corps dans le miroir, mais mes doigts en dessinaient les courbes et les contours. Je frissonnai. Je ne pouvais certainement pas rivaliser avec une jeune femme de vingt ans, mais je savais que je vieillissais bien, que mon corps était habile à résister aux attaques pernicieuses du temps. Certes, je cumulais quelques années de plus que Philippe, mais, comme je me plaisais à croire que je ne faisais pas mon âge, peut-être ne l'avait-il pas remarqué ?

Bah ! Quelle importance, après tout ? Outre le fait que les différences d'âge ne m'importaient pas, cet homme ne représentait qu'un intermède charmant dans ma vie d'épouse. « Charmant, mais combien grisant ! » me susurra la petite voix intérieure que j'avais entendue toute la soirée et qui me rendait plus encline à l'indulgence à mon égard. En effet, quel mal y avait-il à s'épanouir sous le regard d'un autre homme, si cela n'affectait en rien l'amour que l'on portait à son conjoint ? Conjoint qui était tout sauf démonstratif, tant au point de vue romantique que sexuel, qui plus est. Une femme n'avait-elle pas besoin de sentir parfois qu'elle avait un pouvoir d'attraction sur le sexe opposé ? N'avait-elle pas besoin de fourbir ses armes de séduction, à l'occasion, ne serait-ce que pour s'assurer que la sève coulait encore dans ses veines ?

Je soupirai tristement en ramenant mes pensées sur l'homme qui ronflait dans l'autre pièce. L'absence de désir de Simon était-elle reliée directement à moi ou était-elle due à son âge ? Il n'avait que cinquante ans, mais le stress et les longues heures de travail étaient peut-être un facteur aggravant ? À quoi rimaient toutes ces interrogations ? Je haussai les épaules avec impatience, chassant du même coup la complaisance que m'avait instillée la petite voix aux accents provocateurs qui m'avait hantée ce soir-là.

Philippe n'était pas le premier homme à me plaire et je n'avais jamais remis mon couple en question pour autant, sauf que, cette fois-là, je devais bien admettre que c'était différent. S'il m'était déjà arrivé de flirter un peu avec un autre homme juste pour le plaisir du jeu, mes sens étaient restés sagement à leur place, tandis qu'ils réagissaient au moindre regard de la part de Philippe. Déjà, rien qu'à y penser, je sentais une chaleur se répandre dans mes veines et je me sermonnai sans ménagement. Je mouillai une serviette d'eau froide et plongeai mon visage dedans jusqu'à ce que je retrouve une température normale. Alors, je retournai au lit, mais ne me décidai pas à me rapprocher de mon mari. Je ne me sentais pas assez sûre de mes désirs.

Ce fut Bernard qui nous servit le petit déjeuner, Florence étant déjà partie au travail. Philippe nous rejoignit et j'admirai ses yeux et son teint clairs. Les excès de la veille ne semblaient pas lui faire le même effet qu'à nous. Simon, surtout. Il était d'une humeur plutôt maussade et j'avais l'impression qu'il luttait contre un mal de tête carabiné. Moi, c'était la gêne qui brouillait mon esprit, même si je savais que personne d'autre que moi ne pouvait deviner mes pensées. Du moins, je l'espérais.

— Salut, les Québécois. Quels sont vos plans pour aujourd'hui ?

— Nous voulons nous rendre à La Rochelle, répondis-je en évitant son regard.

— Très bon choix. C'est une ville magnifique. En chemin, je vous conseille de vous arrêter à Chinon. C'est une ville médiévale qui vaut la peine d'être vue.

— On en prend bonne note, indiqua Simon, qu'un bon café noir semblait avoir revigoré. Au fait, tu nous as préparé la liste des endroits à visiter en Dordogne ?

— Non, en revanche, j'ai quelque chose à vous proposer. Comme vous le savez, je suis en vacances et nous devions partir, ma femme et moi, en Belgique, mais la mère de Sonia s'est fracturé une hanche, et sa sœur et elle se relaient auprès d'elle. Du coup, elle ne peut pas s'éloigner. Donc – je lui en ai parlé et elle est d'accord –, je vous invite chez nous et nous vous servirons de guides personnels.

— Mais, on ne peut pas, voyons.

C'était évidemment moi qui m'étais récriée. Comment pourrais-je mettre un terme à mon obsession si je voyais Philippe tous les jours ? Ils me regardaient tous comme si j'avais hurlé. Est-ce que j'avais hurlé ? Je ne le pensais pas, mais peut-être avais-je été un peu trop véhémente.

— Je veux dire..., on ne se connaît pas beaucoup et Sonia ne nous a même jamais rencontrés.

— Il y a des gens, parfois, qu'on a l'impression d'avoir toujours connus. Ça ne vous est jamais arrivé ? En tout cas, c'est ce que je ressens avec vous deux. Vous avez une sensibilité qui me touche,

Delphine pour l'histoire de mon pays, Simon pour l'architecture, ma deuxième passion. En ce qui concerne Sonia, vous comprendrez en faisant sa connaissance qu'elle adore les gens. Rien ne lui fait plus plaisir que les nouvelles rencontres. Elle se désolait de voir nos vacances fichues, mais, en vous accueillant chez nous, elle a moins la sensation de rater quelque chose, même si elle ne pourra pas nous accompagner tout le temps. Qu'est-ce que vous en dites ?

— En tout cas, moi, ça me plairait, coupa Simon, subitement tout ragaillardi.

Ma défaite était d'ores et déjà assurée. Je n'étais pas de taille à lutter contre les deux hommes et, de toute façon, si Simon était d'accord, j'aurais eu mauvaise grâce de m'entêter dans mon refus. Cependant, une chose me consolait ; mon mari ne soupçonnait certainement rien de mes désirs coupables pour rechercher ainsi la compagnie de celui qui les faisait naître.

CHAPITRE 10

Nous nous étions séparés vers dix heures avec une promesse de vous retrouver le surlendemain au souper.

Ce matin-là, le soleil n'était pas au rendez-vous, mais, à notre arrivée à La Rochelle, le ciel s'était éclairci et l'Atlantique miroitait sous des rayons ardents. On distinguait au loin des centaines de voiles, et la plage regorgeait de monde.

Nous avions fait une halte à Chinon, mais n'avions pas visité le château. J'aurais bien aimé, mais Simon avait hâte d'arriver à La Rochelle. Le port de mer et l'histoire des tours l'attiraient beaucoup plus et, comme il s'était plié jusque-là à mes goûts, je m'inclinai sans regret. De toute façon, je désirais cette visite autant que lui.

Après avoir laissé nos bagages à notre chambre d'hôte, chez une dame de quatre-vingt-quatre ans excentrique mais sympathique, nous visitâmes donc les trois tours : la tour Saint-Nicolas, la plus ancienne ; la tour de la Chaîne, en vis-à-vis, d'où était actionné le mécanisme de mise en tension de la fameuse chaîne qui fermait le chenal ; et la tour de la Lanterne, qui assurait le contrôle et le désarmement des bateaux avant qu'ils n'entrent dans le port. C'était dans celle-ci que quelque six cents graffitis avaient été apposés sur les murs intérieurs par les prisonniers qui y avaient été incarcérés pendant trois siècles. Rien qu'à penser aux conditions de vie qui prévalaient à l'époque, le manque d'éclairage, l'humidité ambiante, la promiscuité, l'absence d'hygiène, la nourriture insuffisante, cela me donnait des nausées et des frissons dans le dos.

Plutôt que de dîner sur une terrasse, nous achetâmes des fromages, des pâtés, du pain et du vin et allâmes nous étendre sur la plage pour déguster notre pique-nique improvisé. Nos membres étaient lourds d'avoir tant marché, et notre esprit, saturé par toutes ces merveilles que nous accumulions dans notre mémoire jour après jour.

Je jouais dans le sable avec mes doigts, quand Simon les saisit et les porta à ses lèvres. Depuis quelques jours, nous avions évité les contacts physiques et cela me surprit.

— Un sou pour tes pensées.

— Je ne pense à rien de spécial, je profite seulement du temps présent.

— Jusqu'à maintenant, ce voyage répond-il à tes attentes ? Tu en rêvais depuis si longtemps.

— Oh oui ! Tout est merveilleux. Et toi ? Je sais que ce n'était pas ton choix, mais est-ce que tu apprécies quand même ?

— Bien sûr. J'admets cependant que, si nous

n'avions pas rencontré Philippe, les visites de châteaux m'auraient paru moins intéressantes.

— Tu l'aimes bien, ça se voit. J'ai même un peu de mal à m'expliquer pourquoi.

— Avant de me décider pour la psychiatrie, je rêvais d'être architecte. Je ne te l'ai jamais dit ?

— Non. Il y a un monde entre l'architecture et la psychiatrie, il me semble.

— Pas tant que ça, quand on y pense. Dans les deux cas, on restaure, que ce soit des édifices ou des gens, et c'était ce qui m'attirait.

— Mais Philippe n'est pas architecte, il est historien.

— Oui, mais il a étudié aussi l'architecture, il en a parlé l'autre soir chez Florence et Bernard. Si je l'avais connu plus jeune, je me serais orienté autrement, c'est certain. Ce gars-là me plaît vraiment. J'admire sa passion et sa fougue. Il parvient à me les transmettre, c'est peu dire.

— C'est vrai qu'il a vraiment un don particulier, mais, même sans lui, j'aurais aimé les châteaux.

— Tu étais néanmoins d'accord pour qu'on aille chez lui ?

— On était quand même bien, juste tous les deux, non ?

— C'est une proposition en or qu'il nous a faite. Tu te rends compte ? Un guide personnel et gratuit pour tout le reste de notre voyage, on ne pouvait pas refuser ça.

— Je ne dis pas le contraire, mais ce sont des inconnus pour nous. Ça m'inquiète un peu, je l'avoue.

— C'est drôle quc tu dises ça. C'est plus mon

style à moi, d'habitude, de penser ainsi. Remarque que, si c'était quelqu'un d'autre, je serais d'accord avec toi. Tu sais que ces visites ne m'enthousiasmaient pas au départ, mais avec Philippe, je me surprends à m'y intéresser vraiment et à les apprécier.

— C'est vrai. Tu as vraiment sympathisé très vite avec lui. Je comprends pourquoi, maintenant.

— Je sens comme une réticence de ton côté. Qu'as-tu à lui reprocher ?

— Rien du tout. J'ai peur que notre intimité me manque, c'est tout.

— Qu'est-ce que tu attendais de ce voyage, Delphine ?

— Qu'est-ce que tu veux dire ?

— Est-ce que c'était un genre de thérapie de couple ? Tu espérais que nous nous retrouvions comme à vingt ans, peut-être ? Que je te fasse l'amour tous les soirs ? Que je te tienne par la main dans la rue ? Que je te chuchote des mots doux dans l'oreille ?

— Pourquoi pas ? Quel mal y aurait-il à ce que j'espère raviver la flamme ?

— La différence entre toi et moi, c'est que, pour ma part, je ne crois pas que la flamme ait besoin d'être ravivée. Je suis parfaitement heureux de la vie que nous menons et je croyais que tu l'étais aussi.

— Alors, c'est moi, le problème ?

— Je n'ai pas dit ça. Je ne savais même pas que nous avions un problème.

— Les cordonniers sont mal chaussés, n'est-ce pas ?

— Tu n'arrêtes pas de me reprocher d'agir en

psychiatre et, là, tu me blâmes de n'avoir pas vu que tu n'étais pas tout à fait heureuse. C'est le comble.

— Je suis heureuse, mais... il y a toujours place à l'amélioration, non ?

— Et que voulais-tu améliorer durant ce voyage ?

— Je voulais que nous soyons plus proches, que nous parlions. Nous ne parlons jamais, Simon, du moins pas de ce que nous ressentons au plus profond de nous-mêmes.

— Toute la journée, j'écoute des gens raconter ce qu'ils cachent au plus profond d'eux et je te jure que ce n'est pas toujours beau, alors, quand j'arrive chez moi, j'apprécie la vie que je mène auprès d'une femme équilibrée et saine d'esprit.

— Il ne s'agit pas de la même chose et tu le sais très bien. Je n'ai pas de vice caché à te révéler et je ne m'attends pas à ce que tu en aies toi-même. Je me souviens des soirées où on échafaudait des projets, où on riait de tout et de rien... Ça ne te manque pas, à toi ?

— C'est le propre de la jeunesse de rêver. À un moment donné, on vieillit.

— Nous sommes donc vieux ? Déjà ?

— Pas vieux, mais il faut se rendre à l'évidence, ma chérie : nous n'aurions plus l'énergie nécessaire pour partir à la guerre. Apprécions ce que nous avons et remercions-en le ciel.

Il m'attira vers lui et m'embrassa, mais cela ne me fit aucun bien. L'existence dont il me parlait me paraissait terne et triste. Était-ce ainsi que je voulais finir ma vie ?

CHAPITRE 11

Ce jour-là, tout alla de travers. La route était longue pour aller à Marmande, et nous avions décidé de prendre l'autoroute pour gagner du temps, sauf que nous nous étions trompés de chemin. De plus, nous avions été coincés dans un embouteillage monstre pendant plus d'une heure. Notre désir de visiter Bordeaux se résuma à rouler dans une ville envahie par les travaux qui nous faisaient dévier de notre route jusqu'à ne plus savoir où nous étions, et cela nous prit trois heures pour réussir à en sortir.

Finalement, nous arrivâmes chez Philippe à dix-neuf heures, complètement exténués et démoralisés. Ils étaient là, tous les deux, au portail de la cour et ils nous souriaient en agitant la main en guise de bienvenue. Dès que nous descendîmes de l'auto, ils s'élancèrent vers nous, et les présentations se firent au milieu des étreintes et des bagages qu'ils nous aidaient à sortir du coffre.

Mon premier sentiment de jalousie à l'égard de Sonia s'effaça rapidement. De toute manière, cela avait été vraiment ridicule de ma part de ressentir cela. Cette femme était tellement charmante, tellement cordiale et chaleureuse qu'on ne pouvait pas lui résister ; on l'adorait immédiatement. Ses cheveux roux longs et frisés étaient relevés à l'aide d'une pince, dans le but louable de les discipliner, mais c'était peine perdue, ils s'échappaient de toutes parts dans un fouillis sympathique. Elle était petite et légèrement grassouillette, ses yeux étaient pers, son nez, trop long, sa bouche, trop mince, mais sa beauté intérieure était telle qu'on oubliait très vite son physique un peu ingrat.

La femme de Philippe était infirmière ; elle travaillait en clinique privée avec un pédiatre et s'occupait donc essentiellement d'enfants. Lorsqu'elle sut que j'étais moi-même intervenante auprès des enfants maltraités, elle bondit de joie devant les points communs de nos professions, ce qui ne pourrait que nous rapprocher davantage.

Nous avions chacun un fils ; le nôtre, David, avait vingt ans et étudiait pour devenir dentiste, alors que le leur, Charles, avait dix-huit ans et voulait être médecin, un autre sujet sur lequel nous étions intarissables. Malheureusement, nous n'aurions pas l'occasion de rencontrer Charles, puisqu'il passait l'été aux États-Unis pour perfectionner son anglais.

Finalement, nous nous mîmes au lit à une heure du matin et je trouvai le sommeil sans difficulté. L'amitié qui, j'en étais d'ores et déjà certaine, s'installerait entre Sonia et moi serait la meilleure armure qui soit contre mes désirs secrets.

CHAPITRE 12

Le lendemain matin, nous prîmes la route dès neuf heures. Dans un premier temps, Philippe tenait à nous montrer plusieurs villages médiévaux pour nous faire comprendre les différences entre les influences anglaises et françaises. Au centre de ces villages, nous retrouvions toujours l'église, le château et la place du marché, mais, si l'ascendance anglaise exhibait des rues symétriques, la française présentait des rues sinueuses, sans dessin précis.

Notre quatuor s'entendait très bien malgré certains regards impatients de mon mari à l'égard de Sonia que je surpris à quelques reprises. Néanmoins, nous bavardions comme de vieux amis, et cela était en grande partie grâce à elle et à son naturel désarmant, que Simon, comme je le connaissais, aurait certainement qualifié d'exubérance. Je ne pouvais plus les voir comme des étrangers et, si j'en avais voulu à Philippe de s'être ni plus ni moins imposé à nous, et à Simon d'avoir accepté trop facilement cette ingérence dans notre couple, il en allait maintenant tout autrement. J'appréciais vraiment leur présence, ne serait-ce que pour éviter les longs silences qui me séparaient désormais de mon mari, silences qui, autrefois, étaient signes de complicité et qui étaient à présent lourds de non-dits.

Il y avait effectivement énormément de châteaux à voir dans cette région. Nous nous étions d'ailleurs arrêtés près de celui de Biron qui, contrairement aux autres, était perdu au milieu de nulle part, et de celui des Milandes, ancienne résidence de Joséphine Baker, où elle avait accueilli, après la Seconde Guerre mondiale, des enfants de toutes origines qu'elle avait adoptés. Comme nous ne pouvions pas tous les visiter, nous avions choisi celui de Beynac, véritable nid d'aigle surplombant la vallée de la Dordogne. Cette forteresse féodale était bâtie à flanc de falaise et n'avait rien à voir avec les châteaux de plaisance que nous avions visités jusque-là. En effet, la guerre entre les Français et les Anglais exigeait alors un autre type de construction qui était beaucoup plus dans les goûts de Simon. Pendant qu'il multipliait les questions sur les habitudes militaires de l'époque, l'artillerie utilisée et les effets de la guerre sur les habitants des environs, je laissais mon regard se perdre sur l'immensité du paysage qui m'écrasait et me faisait prendre conscience de mon extrême fragilité face aux remous qui me secouaient.

À Sarlat où nous déjeunâmes, c'était jour de marché et il y avait des étals dans toutes les rues. C'était un spectacle très pittoresque et haut en couleur.

Pendant que nous déambulions à travers les charcuteries, les fromages, les légumes et les fruits, j'épiais discrètement le comportement de nos hôtes. Sonia admirait son mari, c'était évident. Les regards qu'elle posait sur lui étaient empreints d'une sorte d'émerveillement presque enfantin. Elle l'effleurait fréquemment, d'un geste anodin, comme pour s'assurer de sa présence, voire de son existence. Cela confinait à l'adoration et je me sentais vraiment mal à l'aise de ressentir une attirance si charnelle envers cet homme marié dont l'épouse était si passionnément et visiblement amoureuse. Quant à Philippe, lorsqu'il regardait sa femme s'exprimer avec des gestes amples et désordonnés, ses yeux reflétaient une douce indulgence teintée d'ironie, et il se moquait souvent d'elle ouvertement sans que cela l'offense le moins du monde. Elle en riait plutôt, et ses réparties audacieuses donnaient lieu alors à des échanges verbaux savoureux de part et d'autre. Seuls de grands amis se témoignant une confiance infinie pouvaient se permettre d'agir ainsi l'un envers l'autre avec autant de désinvolture, et je les enviais pour ça. Simon et moi n'avions jamais connu cette sorte de complicité naturelle et sans arrière-pensée.

Nous revînmes à Marmande vers dix-huit heures trente. Sur le chemin du retour, je sentais mes yeux lourds, mais ne voulais pas manquer une seule miette du décor. J'enviais ces gens qui vivaient là. Je me voyais, à ma retraite, habiter un de ces villages charmants que nous avions visités : Villeréal, Monpazier, Issigeac… J'imaginais les jours de marché où je ferais mes emplettes, humant les différents parfums qui montaient des étals et saluant les autres villageois en les interpellant par leur nom. Je rêvais aux longues heures paresseuses du dimanche, passées à l'ombre de vieux murs plusieurs fois séculaires.

Assise à l'arrière derrière Philippe qui conduisait, je croisais souvent son regard dans le rétroviseur et je m'empressais alors de détourner le mien avec culpabilité. Sonia, près de moi, avait la tête renversée en arrière et semblait somnoler, tout à fait inconsciente du danger que je représentais. Car si j'avais espéré que notre amitié serait le meilleur des remparts, je savais à présent que le feu qui couvait en moi serait dévastateur si je ne parvenais pas à le maîtriser. Toute la journée, sa passion d'historien m'avait fait frémir et j'avais compris que ce que je ressentais pour lui prenait sa source au-delà du simple désir animal. Il avait fallu que je rencontre cet homme au moment où j'étais le plus vulnérable, car, hélas, Simon ne me serait d'aucune aide dans ce combat ; je semblais l'avoir perdu quelque part dans ce voyage où j'avais mis tant d'espoir.

CHAPITRE 13

Le dimanche, la journée s'amorça par la visite du château de Duras, dressé sur une colline escarpée qui surplombait la vallée du Dropt, où étaient récoltés les fameux pruneaux d'Agen connus dans le monde entier. La vue dégagée sur les quatre points cardinaux rendait le site particulièrement remarquable.

Aujourd'hui, Sonia ne nous avait pas accompagnés : c'était son tour de rester avec sa mère qui était immobilisée au lit. La veille, lorsque nous nous étions couchés, Simon ne s'était pas montré tendre envers elle, ce qui m'avait déplu au plus haut point. J'avais bien remarqué qu'elle l'agaçait parfois, mais pas au point de ne pas apprécier sa présence.

— Je ne suis pas fâché qu'elle ne vienne pas avec nous demain. Elle prend beaucoup trop de place à mon goût. Son exubérance excessive finit par me taper sur les nerfs, à la longue.

— Elle est exubérante, c'est vrai, mais excessive, tu y vas un peu fort. Elle est loin d'être déplaisante. Quant à moi, elle me plaît énormément.

— Elle coupe tout le temps la parole à Philippe,

comme si elle en connaissait encore plus que lui sur l'histoire.

— Tout le temps, tu exagères. Ça lui est arrivé quelques fois, mais c'était pour ajouter un détail que Philippe n'avait pas mentionné.

— S'il ne l'avait pas fait, c'était sûrement parce que ce n'était pas important.

— De ton point de vue, peut-être, mais en ce qui me concerne, j'ai beaucoup aimé ses précisions à propos du château de Joséphine Baker. Philippe lui-même a avoué qu'il en connaissait très peu sur cette histoire d'enfants adoptés. Je te trouve bien ingrat envers Sonia. Elle nous a accueillis à bras ouverts, alors qu'elle n'y était pas du tout obligée. Qu'est-ce qui se passe avec toi ? Tu t'enflammes pour Philippe et tu te mets à dénigrer Sonia. Ce sont deux comportements qui ne te ressemblent pas.

— Je pourrais te retourner la pareille. Depuis le début de ce voyage, je ne te reconnais plus. À la suite de notre conversation de l'autre jour, où tu m'as avoué ne pas être totalement heureuse, je me pose mille interrogations. Je croyais que tout allait pour le mieux dans le meilleur des mondes et, tout à coup, j'apprends que ce n'est pas le cas. Forcément, mon attitude peut s'en ressentir.

— On dirait que tu te trouves des excuses, ou du moins une raison pour me rendre responsable de ton mépris envers Sonia.

— Tu vois comment tu réagis ? On dirait que je ne dis et que je ne fais jamais la bonne chose. Je suis tout le temps sur la défensive ; comment veux-tu que ma conduite soit normale ? Cela dit, je ne la méprise pas du tout. C'était juste un commentaire, on ne va pas en faire toute une histoire.

Il m'avait tourné le dos, mettant ainsi fin à la discussion. Depuis quand ne partagions-nous plus la même façon de penser et de voir les choses ? Était-ce vrai que mon malaise pouvait aller jusqu'à influencer ses humeurs ? Il avait raison en affirmant que je n'étais plus moi-même depuis le début de notre voyage. Pourquoi en serait-il autrement pour lui ? Pourquoi le lui reprocherais-je ? Après tout, j'avais attendu d'être en France pour lui avouer ce que j'attendais de ce périple en présumant qu'il ressentait le même besoin de renouveau conjugal que moi. N'était-il pas normal qu'il se sente mal à l'aise, voire piégé, dans cette situation ? En définitive, nous avions changé, tous les deux, et cela par ma faute, je ne pouvais que l'admettre.

Après déjeuner, nous nous rendîmes à l'abbaye de la Sauve-Majeure dont il ne restait que des vestiges, le clocher étant la seule partie encore intacte, dans lequel nous étions d'ailleurs montés.

Quelques marches menaient au portail, et là, tout au bout d'une pelouse où la nef s'élevait naguère, nous apercevions l'abside dont la voûte était à moitié détruite, flanquée de ses quatre petites chapelles relativement bien préservées. Était-ce le contraste entre l'ombre accumulée sous les ruines du dôme déchiqueté et la lumière qui illuminait tout le reste, qui m'avait séduite ? Était-ce la vulnérabilité des pierres meurtries, mais encore si impressionnantes, qui m'avait frappée ? Étaient-ce la pureté des lignes et la puissance des arcades s'ouvrant sur le vide qui m'avaient charmée ? Sans doute tout cela à la fois. Pourquoi ce lieu-ci plus qu'un autre ? Je ne me l'expliquais pas, du moins pas rationnellement.

Je suis restée debout, près du portail, incapable de faire un pas de plus, le regard rivé sur cette voûte à la fois fragile et imposante. Ma peau se hérissait comme si des dizaines de moines en bure me frôlaient au passage. J'étais enveloppée de silence et je voyais Simon un peu plus loin qui examinait les sculptures des chapiteaux, mais il ne me semblait pas réel.

— Tu les sens, toi aussi ?

Je sursautai, soudainement arrachée de mon rêve éveillé, mais ne me détournai pas de ma vision. Philippe était derrière moi ; je sentais son souffle sur ma nuque.

— Les moines… Tout autour de nous… J'aurais dû me douter que tu les sentirais.

Il chuchotait comme pour ne pas troubler la paix du moment.

— C'est comme pour le pouvoir des pierres… Nous le ressentons tous les deux de la même manière. Je l'ai vu tout de suite, là-bas, à Chambord, à la façon dont tu les effleurais.

J'étais toujours immobile et concentrée sur les

ruines majestueuses, et ses paroles, loin de me ramener au présent, semblaient me tirer en arrière par-delà les siècles.

Ainsi, notre attirance était réciproque, j'en avais maintenant la confirmation. Ce qu'il me disait trouvait des échos en moi, mais mon esprit rationnel avait toujours repoussé ce qu'il ne comprenait pas. De toute manière, rien n'était possible entre nous. Nos vies étaient aux antipodes l'une de l'autre, les deux principaux obstacles étant que nous habitions deux pays différents et que nous étions tous les deux mariés. Pour qu'il ose m'aborder ainsi, c'était qu'il devait avoir deviné le trouble qu'il faisait naître en moi. Avait-il également senti la distance qui se creusait entre mon mari et moi ? Profitait-il de la situation ? Son travail de guide touristique l'éloignant souvent de sa femme, peut-être collectionnait-il les aventures, pour ce que j'en savais.

Sonia lui vouait un amour sincère, cela se remarquait à tous les instants, mais qu'en était-il de lui ? Il était plus amical que tendre avec elle, je l'avais constaté dès le premier soir, et ma première impression ne s'était pas démentie, bien au contraire. Je ne savais plus que penser. J'espérais seulement que je n'étais pas aussi transparente pour Simon et Sonia.

— Delphine, tu devrais venir voir les sculptures. Elles sont admirablement bien conservées.

Je clignai les yeux et regardai mon mari comme s'il était un étranger.

— Ça va, Delphine ? On dirait que tu as vu un fantôme.

Je ris nerveusement en évitant de regarder vers Philippe.

— Ce lieu semble en regorger, non ?
— J'avoue que l'endroit serait propice à ce genre de manifestations. Si j'admettais leur existence, bien entendu. Tu y crois, toi, Philippe, aux fantômes ?
— Pourquoi pas ? Qui sait si nous n'en sommes pas ? Nous sommes peut-être tous les fantômes d'un lointain ancêtre.
— Tu parles de réincarnation ? À mon sens, ce ne sont que des bêtises. Ne me dis pas que tu y crois, toi ?

Avant de m'éloigner, mon regard croisa celui de Philippe, et ce que j'y déchiffrai me donna la chair de poule. De toute évidence, il nous croyait vraiment tout droit sortis d'un autre siècle.

CHAPITRE 14

Le reste de la journée se passa à Saint-Émilion, où Simon ressembla à un petit garçon heureux d'avoir enfin reçu le jouet qu'il convoitait.

Il y avait des vignes partout et, en visitant les caves des cordeliers, des moines franciscains qu'on appelait ainsi à cause de la cordelette qu'ils portaient autour de la taille, nous avons découvert que la ville reposait sur un réseau de tunnels qui reliaient tous les vignobles jusqu'à trois kilomètres autour de la ville. Il y avait un million de bouteilles de crémant, une sorte de champagne, entassées le long des murs à une température de quatorze degrés, et il y avait tellement de galeries qu'on pouvait très facilement s'y perdre et ne plus retrouver la sortie, d'après les dires du guide. À voir l'expression de Simon, j'étais certaine qu'il n'aurait pas détesté en faire l'expérience. Quant à moi, je me rendis compte que j'étais légèrement claustrophobe ; j'avais hâte de revoir la lumière du jour et de sentir le soleil réchauffer ma peau.

Ce soir-là, nous nous étions mis au lit relativement tôt, vers onze heures, mais, si je me sentais fatiguée, le sommeil s'obstinait à me fuir, ce qui n'était pas le cas de Simon qui ronflait doucement. Trop de questions me taraudaient l'esprit et menaçaient mon équilibre.

Il faisait chaud, les volets étaient grands ouverts, mais aucune brise ne venait rafraîchir l'air. À deux heures, lasse de me retourner en vain dans mon lit à la recherche d'une position favorable au sommeil, je me relevai doucement et sortis sur le balcon. Le jardin, en bas, était éclairé par la lune, et je distinguai une petite table et deux chaises sous le magnolia qui trônait fièrement au centre. Le balcon, en fait, se prolongeait jusqu'à l'angle de la maison, et je découvris avec surprise un escalier adossé à l'autre mur. Je le descendis silencieusement et me dirigeai vers le magnolia qui embaumait la nuit. Avec un soupir d'aise, je m'installai sur une chaise et fermai les yeux de bien-être en relevant mes cheveux sur ma nuque humide. Là, je percevais un léger souffle d'air qui me faisait le plus grand bien.

Je sentis un frôlement sur mes chevilles qui me fit sursauter violemment avant d'apercevoir Missy, la chatte de la maison, qui me fixait de ses yeux insondables. Je me penchai pour la caresser, mais elle s'enfuit brusquement, ayant probablement flairé une proie. Je me relevai, et mon cœur fit un autre bond dans ma poitrine lorsque je vis une silhouette près de moi. Philippe...

— Je n'arrivais pas à dormir, j'avais besoin d'air et je t'ai vue, là, comme une apparition.
— Comme un fantôme...

Ce rappel de ce qui s'était passé plus tôt dans la journée nous fit sourire.

— Je peux ?

Il désignait la chaise près de moi, et je ne pus qu'acquiescer d'un petit signe de la tête.

Il passa devant moi et s'installa. Nos épaules se touchaient presque et j'osais à peine respirer. Le silence se prolongea au-delà de ce que j'étais en mesure de supporter, mais, au moment où je prenais la décision de rentrer, ses doigts saisirent les miens et il soupira.

— Reste.

Je tournai la tête et le regardai, remuée. Je n'avais fait aucun geste et, pourtant, il avait senti ce que je m'apprêtais à faire.

— J'aime Sonia, mais tu m'es plus familière qu'elle, comme si je t'avais toujours connue, attendue. Et je sais que tu ressens la même chose.

— C'est vrai que nous avons beaucoup de points en commun et que je me sens vulnérable près de toi, mais nous devons rester dans la réalité, et cette réalité, c'est que nous sommes mariés, que nous vivons dans deux pays différents et que nous ne savons rien l'un de l'autre.

— Donc, notre rencontre ne veut rien dire ?

— Il y a trop d'obstacles, et je ne suis pas du genre frivole et aventureuse.

— Cette communion d'esprit, cette harmonie des sentiments... Aujourd'hui, à Sauve-Majeure, tout ce que tu as ressenti, je l'ai ressenti déjà, je le ressens chaque fois que j'y vais.

— Nous avons été attirés l'un par l'autre dès le départ, c'est indéniable, mais c'est ce qu'on appelle un coup de foudre, tout simplement. Un feu de paille, si tu préfères.

— Tu cherches à te protéger et je le comprends. Mais il y a quelque chose de plus, je le sais, je le sens.

— Comment peux-tu dire une chose pareille quand Sonia et Simon dorment là, à quelques pas de nous ?

— Je sais que c'est indécent, mais c'est plus fort que moi. Lorsque je t'ai vue caresser les pierres, la première fois, j'ai eu l'impression que tout l'univers reprenait sa véritable trajectoire, comme si tout ce que j'avais vécu jusqu'ici n'avait été que le prélude à mon existence réelle.

Il porta ma main à ses lèvres, et mon cœur se dilata jusqu'à menacer d'exploser. Il avait raison. Cette passion menaçait tout mon univers, tout ce à quoi j'avais toujours cru. Je la sentais vibrer dans mes entrailles, brûler le peu de raison qui me restait. À cet instant précis, alors que ses yeux remplis de feu me dévoraient, j'aurais vendu mon âme pour tout oublier : mon passé, mon présent et mon avenir. Juste à ce moment, Missy sauta sur mes genoux, mettant fin à l'instant magique. Nos mains se séparèrent et je baissai les yeux sur le félin qui me fixait. Je souris tristement en passant ma main dans la fourrure de l'animal.

— C'est le chat de Sonia, n'est-ce pas ?

— Oui, il n'y a qu'elle qui peut le prendre. D'habitude, il se sauve dès que quiconque l'approche, Charles et moi y compris. Lui aussi, tu l'as conquis, on dirait.

— Détrompe-toi. Il est là pour nous ramener à l'ordre. Tu appartiens à Sonia et je ne suis qu'une intruse, voilà son message. Et moi, j'ai Simon. Restons-en là, ça vaut mieux.

Avant qu'il ait pu répondre, je me levai et repartis en courant vers l'escalier qui menait à ma chambre. S'il avait tenté de me faire changer d'avis, Dieu seul sait ce que j'aurais fait. Ou le diable.

CHAPITRE 15

Après ces aveux non déguisés, je ne pouvais plus me voiler la face et faire comme si cette attirance n'était que passagère et n'allait avoir aucune conséquence sur mon couple. De savoir qu'il ressentait la même chose que moi avait mis le feu aux poudres. La passion qui brûlait en moi consumait toutes mes bonnes résolutions. Je ne me souciais plus de savoir s'il avait coutume de faire du charme aux étrangères de passage, il n'y avait plus que ce monstre qui me dévorait de l'intérieur.

J'avais souvent lu des romans où une passion sirupeuse s'étalait sur toutes les pages, j'avais même parfois fantasmé sur certaines scènes plus explicites que les autres, mais jamais je n'aurais cru qu'on puisse vivre cela dans la vraie vie. Surtout pas moi. Je me découvrais soudainement sous un autre jour. J'avais tout fait, depuis mon adolescence, pour parvenir à la maturité en évitant les débordements de toutes sortes, et si quelques soubresauts avaient parfois résisté à mes efforts, j'avais pu me fier à Simon pour m'aider à les réprimer.

Tous ces bouleversements cachaient quelque chose de plus profond, quelque chose que je m'étais efforcée d'occulter et qui cherchait à remonter à la surface d'une façon inopportune, dans un moment où ma vulnérabilité était la plus forte. Mon esprit combattait énergiquement cette ingérence dans la stabilité qui avait jusque-là été sa principale source de satisfaction, mais il perdait peu à peu du terrain devant la force de ce sentiment nouveau.

Qu'en était-il de Philippe ? Je ne déchiffrais rien sur son visage, mais je le connaissais si peu. C'était donc à travers les propos de Sonia que je pouvais constater des changements dans son attitude.

Notre but initial, à Simon et à moi, était d'aller en Provence, et nous avions décidé, d'un commun accord, de nous en tenir à ce plan. Le lendemain matin, lorsque Sonia se désista à cause de ses obligations envers sa mère, ses explications me donnèrent un aperçu de ce qui se passait dans leur couple.

— Philippe m'a fait réaliser que nous ne pourrions pas revenir ici tous les soirs. Je suis stupide de ne pas y avoir pensé. Mais ce n'est pas grave, je ne suis pas une grande voyageuse comme lui. Je ne déteste pas, à l'occasion, me retrouver seule. J'ai certaines petites manies qui l'énervent et, quand il n'est pas là, je peux faire ce que je veux, de la façon qui me plaît, et il ne peut rien y redire. N'est-ce pas, mon chéri ?

— Tout à fait. Cela lui arrive même de me mettre à la porte pour pouvoir agir à sa guise.

— Il a l'air de se plaindre, mais cet arrangement lui plaît autant qu'à moi. Nous évitons bien des désaccords ainsi, comme nous en avions au début de notre mariage.

— Ça va, Sonia, ces détails sont sans importance.

— Excusez-le, il est un peu grognon depuis son réveil. Je crois que, cette fois-ci, il aurait préféré que je l'accompagne pour ne pas passer pour la troisième roue du carrosse, mais il ne l'avouera jamais. Mon cher mari est assez avare en ce qui concerne les sentiments. Il n'a jamais été très démonstratif, mais je le suis pour deux. Il me semble d'ailleurs que c'est pareil pour vous deux, est-ce que je me trompe, Delphine ?

— Sonia, tu vas encore trop loin, tu entres dans leur intimité.

— Vous voyez comment il est ? Tout ce qui concerne le domaine des sentiments est tabou. Allez, fais-moi la bise avant d'aider Simon avec les bagages.

Elle se colla à lui et il referma brièvement ses bras autour d'elle, mais j'eus le temps de voir son expression au-dessus de sa tête. Son impatience n'était pas due au fait qu'elle restait en arrière, au contraire. De plus, le peu que je connaissais de lui ne correspondait pas du tout à la description qu'elle en avait faite ; son regard tout à fait expressif à cet instant précis en était la preuve absolue.

En ce qui me concernait, la perspective de me retrouver seule avec les deux hommes, sans le rempart moral, si minime soit-il, que représentait la présence de Sonia, me remplissait d'une terreur absolue. Je ne pouvais plus compter que sur ma volonté pour résister à la passion dévastatrice qui me consumait.

CHAPITRE 16

Nous n'étions donc que trois à notre départ pour Carcassonne. La cité médiévale était complètement retranchée derrière ses murs et la ville nouvelle s'était développée tout autour. Le panorama qu'on en avait de l'autoroute était absolument époustouflant. Elle était ancienne de deux mille ans et, de loin, on avait l'impression que ce noyau avait résisté au temps et était resté intouché. C'était comme si on regardait une maquette miniature qu'on aurait réalisée pour servir de décor dans un film. Les lignes nettes des tours, les créneaux bien ciselés, les arches à l'arrondi parfait, les toits pentus qui s'élançaient à l'assaut d'un ciel au bleu presque surnaturel, le vert intense de la végétation qui encerclait le tout, chaque détail semblait immatériel et figé dans l'espace.

Après la visite du château et de l'imposante basilique Saint-Nazaire, avec ses merveilleux vitraux, nous déjeunâmes d'un cassoulet, spécialité de la place, et reprîmes la route pour Aigues-Mortes, où nous avions l'intention de dormir.

Aigues-Mortes était également une cité médiévale, un peu dans le même style que Carcassonne, mais en plus petit et en plus jeune ; elle n'avait que mille ans d'histoire… C'était l'une des structures militaires les plus belles du Moyen Âge et les mieux préservées de France.

L'air sulfureux qui circulait entre Philippe et moi me mettait les nerfs à fleur de peau, tellement je devais faire d'efforts pour ne pas éveiller les soupçons de Simon. À ce stade-ci, j'en étais encore à croire que notre mariage pouvait être sauvé du désastre. Je me persuadais bêtement que tout rentrerait dans l'ordre si je parvenais à résister à cette tentation qui m'était tombée dessus sans que j'y sois préparée, alors que j'étais si fragile émotionnellement. Ce n'était qu'un test, me disais-je. « La passion est éphémère, mais l'amour est plus fort que tout », me répétais-je. Je désirais Philippe, mais c'était Simon que j'aimais, essayais-je de me convaincre.

Mais ce soir-là, assise entre les deux hommes, les doutes m'assaillirent si violemment que je dus m'excuser auprès d'eux et j'allai me coucher en espérant que la nuit les effacerait.

Simon me rejoignit peu de temps après. J'essayai d'avoir l'air endormie, mais il dut deviner mon subterfuge, car il ne se priva pas de faire du bruit pour signifier son irritation.

— Delphine, je sais que tu ne dors pas. Depuis le temps que nous sommes mariés, tu te doutes bien que je connais ta respiration par cœur. Qu'est-ce qui se passe ? Vas-tu finir par me le dire ?

— Je ne sais pas pourquoi tu me demandes cela.

— Allons, ne me prends pas pour un idiot. Je vois bien qu'il se passe quelque chose. Tu n'es plus toi-même. Est-ce à cause de Philippe ?

— Philippe ? Qu'est-ce qu'il vient faire là-dedans ? demandai-je avec mauvaise foi.

— Tu n'étais pas très chaude à l'idée de continuer notre voyage en sa compagnie, je ne l'ai pas oublié, mais je croyais que tu avais changé d'avis en faisant connaissance avec Sonia. Tu as sympathisé avec elle, non ?

— Tout à fait. Je ne vois pas pourquoi tu remets ça sur le tapis ce soir.

— Tout à l'heure, tu t'es levée de table et tu es partie comme si tu avais le diable à tes trousses.

— J'étais fatiguée, c'est tout. Je ne comprends vraiment pas pourquoi tu es contrarié à ce point-là.

— Parce que Philippe a remarqué quelque chose, lui aussi. Pour une fois que je rencontre quelqu'un avec qui j'ai des affinités autres que tout ce qui touche à la médecine, est-ce que j'ai le droit d'en profiter ? Les seules gens que je côtoie, d'habitude, ne parlent que boulot. Ça me change agréablement de pouvoir débattre sur d'autres sujets.

— Mais je n'ai rien contre, c'est ridicule.

— Parfois, tu me donnes l'impression de chercher à attirer son attention lorsque nous discutons ensemble, lui et moi.

— Pas du tout. Tu te fais des idées.

— Si tu le dis.

— Qu'est-ce que je dois faire pour que tu me croies ?

— Ça va, je te crois. C'est seulement que j'ai eu

une drôle d'impression, tantôt, surtout quand j'ai surpris l'expression de Philippe.

— Qu'est-ce qu'elle avait, son expression ?

— Il avait l'air déçu. Ennuyé, plutôt. Oui, c'est ça. Il avait l'air de quelqu'un qui est gêné de s'être immiscé dans un couple.

— Allons donc ! Nous faisons toujours attention pour ne pas qu'il se sente de trop.

— Il a dû croire que nous avions besoin d'intimité ce soir.

— Ce n'est pas comme s'il couchait dans notre lit. Je suis vraiment fatiguée. On peut dormir, maintenant ?

Je n'attendis pas sa réponse et lui tournai le dos pour lui signifier que le débat était clos. Dire que j'avais eu peur qu'il soupçonne mes désirs secrets pour Philippe, alors qu'il avait seulement cru que je me sentais exclue de leurs conversations. « Ce n'est pas comme s'il couchait dans notre lit », avais-je dit. Il y était pourtant, chaque nuit, dans mes rêves.

Très tôt, le lendemain, nous partîmes faire le tour des remparts. La journée était magnifique, le ciel était d'un bleu lumineux et le soleil, à cette heure matinale, n'était pas encore trop chaud. Là-haut, nous profitions, d'un côté, de la vue de la ville moderne, et de l'autre, de l'intérieur des murs où un millier d'hirondelles volaient au-dessus des maisons. Tout était étincelant : les salins, au loin, blancs comme de la neige ; la mer, immense et mystérieuse ; les dizaines d'étangs ressemblant à des diamants éparpillés, tout cela était d'une beauté à couper le souffle.

Et moi, je pleurais parce que la nuit ne m'avait pas apporté la paix.

CHAPITRE 17

Simon et moi avions pensé aller à Nîmes, mais Philippe nous conseilla plutôt de visiter Arles. Cette ville était moins grande en superficie, mais les ruines romaines y étaient plus nombreuses.

L'amphithéâtre, construit durant le premier siècle après Jésus-Christ, était le monument le plus spectaculaire de la ville. Cette gigantesque arène cernée de toutes parts par la ville tentaculaire semblait encore résonner du rugissement des fauves lors des combats qui les opposaient, du bruit des fers des gladiateurs qui se croisaient en grinçant, du martèlement des sabots des taureaux qui fonçaient tête baissée dans la cape rouge du toréador et des encouragements des trente mille spectateurs qui s'entassaient dans les gradins.

Philippe était un guide merveilleux. Il avait compris depuis le tout début que Simon s'intéressait surtout aux détails d'architecture et il prenait le temps de répondre à toutes ses questions avec patience et minutie. J'étais impressionnée de constater l'étendue de ses connaissances, tant historiques que structurales, et je réalisais soudainement que le seul autre homme à qui j'avais témoigné autant d'admiration dans toute mon existence était Simon, qui était tout aussi cultivé dans son domaine. Cela expliquait sans nul doute pourquoi il lui manifestait cette sympathie inattendue qui ne cessait de me surprendre. Non seulement il partageait avec Philippe un même intérêt, en l'occurrence l'architecture, mais il reconnaissait en lui une similitude de caractère en ce qui concernait le savoir et les connaissances.

Mais la passion de Philippe se situait à un autre niveau, celui où nous nous rejoignions, où nous communiions à une même coupe, l'histoire des pierres, les vies qui les ont façonnées, polies, les empreintes accumulées sur leur surface inégale, l'énergie qui émanait de chaque souvenir gravé dans leurs entrailles. La sérénité et l'émotion qui se dégageaient des murs séculaires nous assaillaient pareillement et nous transportaient dans un autre monde, un monde ancien où nous avions, selon lui, déjà laissé nos marques. Mon esprit prosaïque se refusait à croire à ces chimères qui, à la rigueur, allaient même jusqu'à me donner la chair de poule, mais les réminiscences du passé qui m'assaillaient dans certains lieux regorgeant d'histoire étaient bien réelles et je ne pouvais plus les ignorer.

Pendant que les deux hommes discutaient de lignes et d'angles, j'appuyais mes paumes sur les murs tièdes, effleurais les couleurs délavées qui persistaient, je contemplais la lumière qui filtrait à travers les vitraux, respirais les senteurs éphémères du passé. J'évoluais lentement pour m'imprégner de l'atmosphère vieillie du lieu, pour comprendre les altérations de l'âge afin de me remémorer l'aspect primitif du décor.

Bientôt, Philippe me rejoignait et, si nos mains ne se touchaient jamais, nos épidermes se croisaient sur la surface des pierres millénaires. Il n'expliquait pas, il racontait le passé et c'était ce qui faisait de lui le plus merveilleux des guides. Ses yeux luisaient dans la semi-obscurité des lieux anciens, et je frissonnais sous leur intensité.

Puis, Simon se rapprochait de nous. Il montrait un peu d'impatience, il avait hâte de découvrir d'autres merveilles. Il ressemblait à un enfant insatiable à qui on donne des dizaines de cadeaux, mais qui ne retiennent son attention que le temps de les déballer, et qui tend ensuite les mains avidement vers un autre trésor.

Ce voyage était mon rêve à moi ; quant à lui, il préférait les plages et les piscines des hôtels de luxe. Son travail exigeant moralement le conduisait à privilégier les destinations de tout repos, où il pouvait laisser son cerveau se détendre complètement, ce qu'il ne pouvait guère se permettre dans sa profession, où son succès découlait justement de la sagacité de son esprit. C'était un homme qui s'intéressait à tout, qui lisait énormément sur tous les sujets d'actualité, qui se tenait au fait des nouvelles technologies, mais, si nous n'avions pas connu Philippe, il n'aurait pas autant apprécié ces visites et il se serait lassé plus rapidement.

Cela contribuait à m'enlever quelques remords, parce que je me demandais de plus en plus souvent si ce voyage m'aurait autant plu en la seule compagnie de mon époux.

CHAPITRE 18

Tous les soirs, nous parlions avec Sonia. Malgré les paroles rassurantes qu'elle m'avait adressées au moment où nous l'avions quittée, je me sentais coupable d'être la source de leur éloignement passager. C'était là une culpabilité bien mineure qui en cachait une autre autrement plus grave, dont Philippe n'ignorait rien, j'en étais convaincue, mais, devant Simon, il s'empressa de la mettre en pièces.

— Tu oublies que c'était notre choix, à Sonia et à moi, de vous accueillir chez nous. Comme nos vacances étaient à l'eau, cela nous plaisait de vous faire découvrir notre région, plutôt que de tourner en rond sans savoir que faire entre les soins à donner à sa mère.

— Oui, mais nous nous éloignons de plus en plus, et elle est restée seule là-bas, rétorquai-je.

— Sonia te l'a dit : elle est très casanière. S'il n'en tenait qu'à elle, elle ne quitterait jamais son nid. Nous sommes très différents là-dessus. Elle voyage pour me faire plaisir. Toutefois, lorsque l'envie m'en prend et que la destination ne l'intéresse que moyennement, elle me pousse à partir sans elle. Ce n'est donc pas la première fois que cela arrive. Cependant, elle m'a dit au téléphone qu'elle aimerait bien venir à Paris. Il y a longtemps que nous n'y sommes pas allés et elle adore cette ville.

— Qu'est-ce qui arrivera avec sa mère ?

— Sa sœur, Rachel, est d'accord pour assurer la permanence pendant quelques jours et, lorsque nous reviendrons, ce sera Sonia qui prendra la relève. C'est déjà tout arrangé. Dès que nous parviendrons à Aix-en-Provence, vous prendrez le TGV pour Paris, pendant que je retournerai à Marmande avec votre voiture louée que je laisserai dans une succursale de votre compagnie de location. Ensuite, Sonia et moi irons vous retrouver dans la capitale. Qu'est-ce que vous en dites ?

— Es-tu d'accord, Simon ?

Je me retournai vers lui en réalisant soudainement que son silence durant nos échanges était anormal. Nous étions assis à une table sur une terrasse, et il regardait au loin, comme si la conversation ne le concernait pas. Je le poussai du pied sous la table, et il reporta son attention sur nous en affichant un sourire qui ne me convainquit pas de sa sincérité lorsqu'il acquiesça vigoureusement à nos plans. Il était clair à mes yeux qu'il n'approuvait pas, mais je ne comprenais pas pourquoi. Néanmoins, je fis celle qui n'avait rien vu. La présence de Philippe était certes un supplice, mais je ne voulais pas m'en passer ; c'était aussi simple que cela.

En général, nous nous couchions tôt. Les journées étaient très longues et exténuantes. Dès que nous mettions la tête sur l'oreiller, le sommeil nous saisissait après un léger baiser de bonne nuit. Le matin, j'étais toujours la première à me lever, je faisais ma toilette, réveillais Simon et, pendant qu'il faisait la sienne, je bouclais les bagages et m'assurais qu'on n'oubliait rien. Donc, les contacts physiques se limitaient à peu de chose, mais, contrairement à mon habitude, je m'en contentais, et Simon ne semblait pas en souffrir outre mesure, puisqu'il ne quémandait rien de plus. Pourtant, ce soir-là, il me prit par surprise en me témoignant un désir inattendu. Et non désiré, je dois bien l'admettre. Mais, comme je n'avais jamais refusé les avances de mon mari, je me soumis sans hésiter, mais sans faire semblant non plus. Lorsque tout fut terminé, en quelques minutes à peine, un lourd malaise s'abattit sur nous. Je n'étais pas fière de ma performance et, à retardement, je regrettais de ne pas avoir été franche.

— Pourquoi n'as-tu pas dit que tu n'en avais pas envie ?
— Je ne sais pas, par habitude, je suppose.
— Parce que ce n'est pas la première fois que ça arrive ?
— Non ! Je me suis mal exprimée. Je n'ai jamais refusé de faire l'amour, c'est cela que j'entendais par habitude.
— Tu es si distante lorsque nous sommes seuls.
— Qu'est-ce que tu veux dire par là ?
— En présence de Philippe, tu es différente, enjouée, chaleureuse.
— Tu parles comme si tu étais jaloux.
— Je me demande parfois si je ne devrais pas l'être.
— C'est pour cela quc tu ne semblais pas emballé

par son offre de nous rejoindre à Paris ? « Une occasion en or, un guide personnel et gratuit pour tout le reste de notre voyage », ce sont les mots que tu as utilisés pour me convaincre, je te rappelle.

— C'est peut-être toi qui avais raison, finalement. Qu'est-ce qui ne va plus entre nous, Delphine ?

— Si je pouvais l'expliquer rationnellement, j'en serais la plus heureuse, crois-moi.

— Et si tu laissais le côté rationnel ?

— Il y a le côté sexuel, c'est certain, mais ce n'est que la pointe de l'iceberg, je crois. Je dis « je crois » parce que le reste est diffus. Je ne parviens pas à mettre le doigt ou les doigts sur le ou les problèmes.

— Pourtant, nous venons de faire l'amour et tu n'y as pas pris de plaisir.

— Je n'appelle pas cela faire l'amour, je suis désolée. C'est vrai que tu n'as jamais été très démonstratif de ce côté-là, comme tu l'as dit l'autre jour, mais avant, nous y mettions tout le temps voulu, tandis qu'aujourd'hui, ça ressemble plus à une obligation du genre : « Allons-y, qu'on en finisse et qu'on passe à autre chose. » Tu m'as raillée là-dessus la dernière fois que j'ai abordé le sujet, mais je ne pense pas être différente des autres femmes de ma génération. J'ai besoin de sentir que je peux plaire encore, j'ai besoin de me sentir désirée. Je doute de moi et cela déteint sur tout le reste.

— Je comprends. Si tout le reste est diffus, comme tu l'as affirmé tantôt, cet aspect des choses a le mérite d'être clair. Tout ce que je peux faire, c'est te répéter que je t'aime et que je te désire encore, mais cela ne semble pas être suffisant, n'est-ce pas ?

— Ces antidépresseurs que tu prends depuis

quelques années, est-ce qu'ils pourraient entraîner une baisse de libido ?

— Effectivement, c'est une possibilité qui ressort souvent dans les études médicales, mais j'en ai besoin, Delphine. Je ne peux pas les arrêter. Mon travail est trop exigeant, tu le sais très bien.

— Oui, je le sais, mais est-ce qu'on ne pourrait pas, alors, envisager d'autres moyens ? Il suffirait de peu de chose, tu sais, pour mettre un peu de piment dans notre intimité.

— À quoi tu penses ?

— Il y a le Viagra... et puis, quelques gadgets sexuels pourraient être intéressants, aussi.

— Je te voyais venir. Il n'en est pas question. Je refuse de me prêter à ces petits jeux.

— Mais, pourquoi ?

— Ce n'est pas naturel, voilà pourquoi. C'est comme de regarder un film porno pour s'exciter. Ce n'est plus un acte d'amour, c'est quelque chose qu'on pourrait faire avec n'importe qui.

— Je ne te croyais pas si bégueule.

— Ce n'est pas de la pruderie, mais je ne crois pas que de forcer le désir soit sain pour un couple.

— C'est préférable de ne plus avoir de relations sexuelles, d'après toi, ou de se satisfaire de ce que tu m'as donné ce soir ?

— Est-ce que la santé de notre couple découle seulement de notre sexualité, Delphine ? N'y a-t-il plus rien d'autre qui compte, pour toi ? Il me semble t'avoir entendu dire il y a quelques minutes que ce n'était que la pointe de l'iceberg.

— Je ne retire pas ce que j'ai dit, mais j'essaie de

trouver une solution à ce problème-là, puisqu'on en parle.

— Tu sembles soudainement suggérer que tout vient de là, mais peut-être que ce n'est que la conséquence d'un autre problème plus grave. Tu y as pensé, à ça ? Ou est-ce que tu préfères te voiler la face parce que ça te fait peur de fouiller dans ton passé et de découvrir des blessures non guéries ?

— De quoi est-ce que tu parles ?

— De rien en particulier, mais tu ne viens pas d'une famille fonctionnelle et, d'après mon expérience, cela laisse presque toujours des séquelles.

— Voilà que tu me psychanalyses, maintenant.

— Profites-en, au lieu de t'en plaindre, la consultation est gratuite. Elle est également terminée en ce qui me concerne. Bonne nuit !

CHAPITRE 19

Notre visite des Baux-de-Provence se révéla particulièrement épuisante. Il faisait, ce jour-là, trente-deux degrés Celsius, sans aucun nuage. Le plateau aride où l'ancienne cité était érigée n'offrait pas beaucoup d'ombre et le vent était quasiment inexistant.

Toutefois, la beauté du site nous faisait oublier les désagréments de la chaleur accablante. Dans un premier temps, nous parcourûmes les ruelles gorgées de soleil du village au décor moyenâgeux, où chaque maison portait encore l'empreinte du passé. De ce côté du promontoire, on apercevait le Val d'Enfer, paysage où le vert des arbres et le gris de la roche dominaient. L'érosion avait façonné la pierre en des formes étranges qui abritaient parfois des habitations troglodytiques. De l'autre côté, à la sortie du village, nous débouchions sur une esplanade qui s'étendait sur notre droite et qui surplombait la vallée où les oliviers et les vignes se partageaient la plaine. On devinait la mer au loin plus qu'on ne la voyait, tellement le paysage s'étendait jusqu'à l'infini.

Puis, sur la gauche, se dressait ce qu'on appelait la cité morte, où s'élevait jadis le château entouré des dépendances qui abritaient les gens au service du seigneur du lieu. Il n'en restait que des ruines, entre autres le donjon qui dominait tout l'environnement et qui se fondait dans la pierre comme un véritable nid d'aigle.

Je me sentais un peu comme à l'abbaye de Sauve-Majeure. Évidemment, il n'y avait pas ici d'atmosphère propice au recueillement, mais ce vestige de donjon qui se découpait sur un ciel d'une incroyable pureté n'était pas sans rappeler la voûte déchiquetée de l'église abbatiale telle qu'elle m'était apparue sur le fond d'un ciel sans nuages.

Il y avait dans ces lignes brisées une sensibilité, une vulnérabilité qui me touchaient au plus profond de moi. Cette forteresse bâtie à même le roc, réputée naguère inaccessible et impériale, dégageait encore tant de force et de majesté malgré la désolation qui l'habitait que cela provoquait mon respect et mon admiration plus que les monuments qui avaient été conservés et gardés en état. Je savais que c'était paradoxal, que ce qui était encore debout aurait dû mériter toute ma considération pour sa résistance extraordinaire, un peu comme un vieillard de plus de cent ans, mais peut-être était-ce le rêve qui m'attirait ? Il m'arrivait d'inventer une vie à partir d'une inscription sur une pierre tombale ou en lisant une notice nécrologique annonçant la mort d'un jeune enfant… Rêver à ce qui était, à ce qui aurait pu être, si…

Je regardais Philippe et la même question me taraudait le cœur.

Ma discussion de la veille avec Simon m'avait perturbée. Sa remarque sur mon enfance me tournait dans la tête. Était-il possible que tout vienne de là ? Se pouvait-il que je sois restée prisonnière de ce passé que je considérais honteux ? L'exemple déplorable de ma mère m'avait conditionnée à devenir le contraire de ce qu'elle était, je le savais depuis longtemps, mais cela avait-il pris des proportions que je n'avais jamais envisagées jusque-là ?

J'avais été naïve de croire que Simon ne remarquait rien. Il était formé pour décrypter les non-dits et j'avais toujours été une piètre menteuse. Mais qu'est-ce qui m'arrivait ? Cette question revenait sans cesse, comme un leitmotiv.

Chaque fois que je croisais le regard de Philippe, je sentais une décharge électrique secouer ma colonne vertébrale et embraser chaque fibre de mon être. Il me fallait faire des efforts surhumains pour dissimuler ces émotions coupables, surtout en sachant que le sixième sens de mon mari était à l'œuvre. À la fin de la journée, j'étais tellement exténuée que, à l'instar de Simon, je me demandais, sans pour autant vouloir y renoncer, si c'était réellement une bonne chose qu'ils viennent à Paris. Deux entités se battaient dans mon esprit surchauffé : l'ancienne moi et la nouvelle moi. Je savais qui était la première, je vivais avec elle depuis plus de quarante ans, mais d'où venait l'autre ? Qui était-elle ? Que désirait-elle ?

Elle me faisait peur, infiniment peur.

CHAPITRE 20

Nous dormîmes ce soir-là à Saint-Rémy-de-Provence. Sonia, à qui Philippe avait parlé au téléphone de son projet de venir à Paris, avait accepté avec enthousiasme, allant même jusqu'à dire qu'elle préférait cette solution.

La première visite du lendemain matin fut pour le site archéologique de Glanum, une ville gallo-romaine datant du deuxième siècle avant Jésus-Christ, renommée pour sa source guérisseuse fréquentée dès la préhistoire. Le travail de fouilles effectué était colossal. Comme Philippe n'avait jamais visité l'endroit, c'était lui, maintenant, qui ressemblait à un enfant qui déballe des cadeaux. Chaque pan de mur découvert, chaque colonne mise à nu, chaque écriteau explicatif retenaient son attention et il avait fait plusieurs fois le tour du site pour bien en comprendre le plan. L'historien en lui s'exaltait.

Simon s'impatientait et je devais le rappeler à l'ordre. Il n'était pas question que nous bousculions notre ami qui se montrait toujours d'une patience exemplaire avec nous. Il fallait beaucoup d'imagination pour deviner ce que ces vestiges représentaient, et mon mari en était tragiquement dépourvu.

En revanche, notre prochaine étape l'intéressait tout particulièrement, puisqu'il s'agissait d'une merveille architecturale de l'antiquité romaine, le pont du Gard. C'était l'une des rares recherches qu'il avait faites sur Internet pendant la préparation de notre voyage et, plus on en approchait, plus il était fébrile.

La journée était splendide, comme toujours depuis que nous étions en terre française, et le Gardon avait l'air d'un écrin scintillant sur lequel reposait le plus gigantesque des bijoux du monde, qu'on fût passionné d'architecture ou non. Cet aqueduc avait été construit par les Romains pour amener l'eau d'Uzès à Nîmes, représentant cinquante kilomètres d'impressionnants travaux, dont la partie la plus spectaculaire était sans aucun doute le pont du Gard.

C'était incroyable de penser que la rivière qui coulait aujourd'hui si paisiblement était sujette épisodiquement à de violentes crues d'une grande amplitude et que ce monument avait résisté sans faillir à tant d'assauts furieux pendant des siècles et des siècles.

Je suivais les deux hommes et j'écoutais les explications de l'un et les innombrables questions de l'autre, mais la conversation devenant trop technique, je m'étais dirigée vers la rive et m'y étais installée au soleil, mon regard englobant tout l'ensemble d'un seul coup d'œil. Je me sentais pénétrée de respect et très insignifiante devant cette écrasante splendeur passée. Notre siècle se voulait un modèle, avec ses nouvelles technologies de plus en plus sophistiquées, ses ingénieurs de plus en plus qualifiés, ses constructions de plus en plus élaborées, mais qu'avait-on fait de la beauté ? Où était passée la noblesse des formes ? L'acier, l'aluminium, le béton étaient beaucoup plus résistants que la pierre ou le bois, j'en convenais, mais leurs lignes nettes et sans vie, leurs angles parfaits n'égaleraient jamais l'élégance et la grâce des matériaux offerts par la nature et façonnés par les hommes.

Je m'étendis sur la roche et je fermai les yeux sur les larmes qui y affleuraient. Je revoyais en kaléidoscope tous les monuments que nous avions visités jusqu'à maintenant, et mon cœur se serrait devant tant de beauté. Ce monde était le mien, j'en avais maintenant la certitude, et un jour, je reviendrais y vivre. Qui serait alors à mes côtés ? Cette question déchirante me taraudait le cœur, car je sentais de plus en plus l'amour interdit s'immiscer dans les fibres de tout mon être, sans pour autant que la passion atténue le feu qui y couvait.

Et lui ? Que ressentait-il ? Du désir, cela ne faisait aucun doute. Je le voyais dans ses yeux quand Simon regardait ailleurs. Je le devinais dans la crispation de ses mâchoires, dans les inspirations profondes qui soulevaient sa poitrine, mais je ne le connaissais pas assez pour lire dans son cœur.

La passion, le désir… Je ne comprenais pas encore pourquoi cela me tombait dessus à quarante-deux ans, mais, tant que cela se limitait au domaine du physique, je pouvais encore croire qu'il était possible de sauver mon mariage avec Simon. L'amour n'était pas un sentiment nouveau, mais il était beaucoup plus effrayant, justement parce qu'il était à ma portée. Il n'avait rien d'un mythe inaccessible auquel je pouvais rêver sans vraiment y croire tout à fait.

CHAPITRE 21

Nous arrivâmes assez tard à Avignon et nous eûmes de la difficulté à nous loger pour la nuit. Finalement, nous trouvâmes deux chambres dans un hôtel bas de gamme, avec une salle de bain commune par étage. Heureusement, le troisième et dernier étage n'avait pas d'autres locataires que nous trois.

Simon était allé se doucher le premier et je lui avais demandé d'informer Philippe que j'irais la dernière, car je désirais laver quelques sous-vêtements à la main avant de me mettre au lit.

Simon était déjà sous les couvertures et j'avais entendu la douche s'arrêter, donc, munie de ma mallette à cosmétiques et du sac de linge sale, je me dirigeai vers la salle de bain. La porte était entrouverte et je la poussai, certaine de la trouver vide. Philippe y était encore, en train d'assécher ses cheveux avec sa serviette. Il me tournait le dos et n'avait pas perçu le mouvement de la porte derrière lui. Je m'étais empressée de la rabattre sur moi, et, le cœur battant et le souffle court, j'avais pris appui sur le mur à côté. J'avais fermé les yeux, comme pour effacer ce que je n'avais, somme toute, qu'entraperçu, mais l'image était gravée dans mon cerveau enfiévré. Ce fut plus fort que moi ; je m'approchai à nouveau de l'ouverture et jetai un regard à l'intérieur.

J'étais habituée au corps long et mince de Simon et ce corps trapu, plus massif, aux muscles bien dessinés, aux fesses charnues, me surprenait. Les joues me chauffaient et j'avais les mains moites. Je ressentais une brûlure intense dans le bas de mon ventre, à tel point que je me retenais pour ne pas gémir. Il y avait si longtemps que le désir ne m'avait pas terrassée aussi intensément que je ne pouvais pas, je ne *voulais* pas y renoncer.

Cependant, dès que je vis Philippe bouger, je me rejetai en arrière, paniquée à l'idée d'être surprise en flagrant délit de voyeurisme, moi, une femme mûre de quarante-deux ans, mariée de surcroît. Je n'eus pas le temps de me replier jusqu'à ma chambre, la porte de la salle de bain s'ouvrit toute grande et Philippe apparut, les reins ceints de sa serviette, son savon à la main.

— Delphine ?

Il avait chuchoté et ses yeux trahissaient un étonnement sans borne de me découvrir dans le couloir sombre faiblement éclairé par la lumière provenant de la pièce d'où il sortait. J'étais littéralement statufiée, incapable de proférer un mot, et j'avais conscience d'avoir la culpabilité inscrite sur mon visage enflammé. Il me scruta pendant d'interminables secondes, puis ses paupières s'alourdirent quand il comprit ce que mon attitude révélait. L'air autour de nous sembla s'électrifier et il fit un pas vers moi.

Je me projetai dans la pièce éclairée et refermai la porte sur laquelle je m'appuyai, prête à défaillir. J'entendis gratter doucement de l'autre côté et je tendis l'oreille.

— Delphine ? Méfie-toi, le loquet ferme mal et, du coup, la porte s'ouvre toute seule.

Je souris malgré moi pendant que mes mains tremblantes vérifiaient la serrure. Ensuite, je me hâtai d'aller sous le jet d'eau pour tenter de calmer ma fièvre, mais sans cesse je revoyais le jeu des muscles fessiers de Philippe pendant qu'il passait la serviette sur sa peau humide, et je sentais mon sang bouillir. Honteusement, mes doigts trouvèrent le point culminant et je mordis mes lèvres jusqu'au sang pour retenir la plainte qui ne demandait qu'à jaillir.

Ce n'était pas une pratique familière pour moi, même si j'étais plutôt insatisfaite de ce côté-là ; aussi, cela ne me soulagea pas outre mesure. Évidemment, l'urgence s'était quelque peu apaisée, mais je me sentais infiniment coupable de m'être laissée aller, surtout en fantasmant sur un autre homme que mon mari. Je me défoulai en frottant les dessous avec une telle ardeur que j'en avais les jointures rougies et les bras endoloris.

CHAPITRE 22

Jusqu'à maintenant, l'attirance que nous ressentions, Philippe et moi, prenait sa source dans la symbiose parfaite de nos esprits, dans notre passion commune pour les vieilles pierres et leur histoire, dans notre entente naturelle et spontanée, et, enfin, dans la communion de nos âmes qui semblaient se reconnaître par-delà les siècles.

Dorénavant, le désir nous consumait et nous assaillait au moindre regard, ce qui n'était pas de tout repos, surtout pour une femme soucieuse de ne pas alerter son mari.

Ce jour-là, nous visitions la vieille cité d'Avignon, entourée de remparts. Le palais des Papes était immense et d'une richesse incomparable. Les décorations murales, les fresques, les tapisseries y foisonnaient. Je me sentais ébranlée en prenant conscience du luxe que les dirigeants de l'Église se permettaient, en regard de la pauvreté qui sévissait alors. La cathédrale Notre-Dame-des-Doms, située à côté, était une œuvre d'art en elle-même et témoignait également de la richesse de l'Église.

Philippe répondait comme d'habitude aux

questions de Simon, mais je le sentais distrait. Il brûlait de venir me rejoindre, je le lisais dans son regard lorsque je le croisais. Je glissais ma paume sur la surface usée d'une colonne, quand je le devinai derrière moi. Il posa sa main à côté de la mienne assez près pour que je sente la chaleur qui s'en dégageait et pour qu'elle se propage dans tout mon corps frémissant.

— Mon sommeil a été peuplé de toi. Je t'imaginais sortant de la douche, comme toi tu m'as vu et…

— Philippe, arrête. Je ne peux pas agir ainsi quand Simon est là, juste à côté.

— Pourtant, hier soir, l'expression de ton visage était très explicite, et c'est cela qui a embrasé mon imagination.

— Cela n'aurait pas dû arriver. Tu dois oublier et moi aussi.

— Ce que nous ressentons est plus que du désir…

— Nous n'avons pas à chercher à mettre un nom sur ce qui ne peut pas être. Il faut que tu cesses ce jeu de mauvais goût, sinon il serait peut-être préférable que vous ne veniez pas à Paris.

Je le sentis se rétracter brusquement et je compris que Simon revenait vers nous. Je me détournai, inquiète de ce qu'il avait pu voir, mais il était trop loin pour avoir distingué autre chose qu'un homme expliquant à une femme les détails d'une fresque.

Philippe me regardait, les yeux troubles, et je m'éloignai pour ne plus subir l'attrait qu'il exerçait sur mes sens.

Le lendemain, nous devions nous séparer. Simon et moi prenions le chemin de Paris, pendant que Philippe retournait à Marmande pour ne revenir que quatre jours plus tard avec Sonia. Cet intermède me semblait tout à coup plus que souhaitable pour le repos de mon esprit et de mon corps..., ainsi que pour l'avenir de mon couple qui me semblait de plus en plus incertain.

CHAPITRE 23

Avant de prendre la direction d'Aix-en-Provence, nous avions, bien entendu, fait le détour pour voir le fameux pont d'Avignon de la chanson, de son vrai nom Saint-Bénezet. Il s'arrêtait maintenant en plein milieu du Rhône et, des vingt-deux arches qui le composaient, il n'en restait que quatre, avec une petite chapelle à deux étages érigée sur la deuxième pile.

Aix était la ville des fontaines. Elle en comportait une quarantaine et, comme nous ne pouvions toutes les voir, notre train étant à seize heures quarante-quatre, nous avons fait le tour des plus belles.

Aujourd'hui, Philippe était plus distant, mais j'avais croisé son regard à quelques reprises et j'y avais lu tant de désolation et d'incertitude que je n'avais pu le soutenir plus que quelques secondes.

Après une poignée de main et une brève accolade qui me chavira tout de même, il s'éloigna sans un regard en arrière et je dus me retenir pour ne pas courir derrière lui. J'avais la douloureuse sensation que c'était la dernière fois que je le voyais, et toutes mes bonnes résolutions de la veille, lorsque je lui avais ni plus ni moins suggéré de ne pas nous rejoindre à Paris, tombaient une à une. Je savais que je devrais inévitablement le quitter dans un avenir très proche, mais, tout à coup, devant ce départ aux allures d'éternité, je ne cherchais plus à me mentir : j'avais besoin de son regard caressant sur moi, de ses aveux muets lorsqu'il ne se savait pas regardé, de ses effleurements anodins qui m'embrasaient autant qu'une caresse brûlante. Il fallait qu'il revienne, je voulais encore de ces quelques jours hors du temps.

L'embarquement, les bagages à caser, les sièges à repérer, la vitesse à apprivoiser, tout cela se déroula dans un brouillard qui m'enveloppait et qui ne se dissipa qu'à mi-chemin de la capitale, lorsque Simon prit ma main et la serra doucement.

— Ça va ? Tu n'es pas trop triste de te retrouver seule avec moi ?

— Tu ne vas tout de même pas recommencer avec ça ? Si tu continues sur ce ton-là, tu vas définitivement me gâcher le reste des vacances.

— Ne sois pas tant sur la défensive.

— Il y a de quoi, figure-toi ! Un, tu m'imposes presque de parfaits étrangers comme compagnons de voyage, alors que mon but était de raffermir nos liens. Deux, tu m'affirmes que ce n'est pas nécessaire ; j'accepte donc leur intrusion dans notre couple. Trois, je m'engage dans une relation amicale avec eux ; peut-être même que je ressens une certaine complicité avec Philippe parce que nous partageons une même passion pour l'histoire, et je te ferai remarquer en passant que c'est pareil pour toi en ce qui concerne l'architecture. Quatre, voilà que tu développes une espèce de jalousie et que tu soupçonnes je ne sais trop quoi, ce qui t'amène à ne plus désirer leur présence. Je n'ose presque plus le regarder dans les yeux. Comment veux-tu que je ne sois pas stressée ?

— Tout est question de perception. La mienne est quelque peu différente. Tu ne m'as pas dit au départ ce que tu espérais de ce voyage. J'ai donc eu le choc d'apprendre que nous traversions une soi-disant crise après que j'ai accepté leur invitation. En tout cas, pour quelqu'un qui était contre l'idée, tu t'es attachée à eux en un temps record.

— Qu'est-ce qu'il aurait fallu que je fasse ? Que je boude, que je fasse la gueule ? Qu'est-ce que tu me reproches, au fond ?

— J'aurais juste aimé que tu te souviennes que j'étais là, parfois. Tes sourires semblaient n'être réservés qu'à Philippe et, lorsque tu parlais, c'était à lui que tu t'adressais. Mais tu sais ce qui me fait le plus mal ? C'est d'entendre tes éclats de rire. J'ai réalisé que tu n'avais plus ri ainsi depuis très longtemps et c'est là que j'ai compris que j'ai été négligent envers toi. J'aurais dû comprendre que tu n'allais pas bien. Je suis jaloux, c'est vrai, parce qu'il te rend plus heureuse que je ne l'ai fait durant les dernières années, pas parce que je soupçonne quelque chose entre vous deux.

Que pouvais-je répondre à cela ? Rien qui eût pu le rassurer. Non, ce dont il avait besoin, c'était moi, tout simplement, et c'était si rare qu'il s'ouvre ainsi que je ne pouvais pas lui refuser cette petite douceur. J'appuyai ma tête contre son épaule et, lorsqu'il prit mes lèvres, je répondis à son baiser en y mettant toute la fougue dont j'étais capable.

CHAPITRE 24

Notre hôtel à Paris était situé à Montparnasse, et une station de métro était tout à côté, ce qui facilitait grandement nos déplacements. Notre premier geste avait été de réserver une chambre supplémentaire pour les trois jours où Sonia et Philippe y séjourneraient.

Ensuite, nous avions défait nos bagages en buvant un rosé bien frais et nous nous étions écroulés sur le lit, ivres de fatigue autant que de vin.

Ce ne fut pas le rêve qui m'éveilla, mais le grand corps de Simon qui s'agitait sur le mien. Deux minutes plus tard, il roulait sur le côté et se rendormait, lové contre moi. Des larmes amères gonflèrent mes paupières, mais je les ravalai tant bien que mal pour ne pas m'exposer à des questions embarrassantes.

Je me rappelais parfaitement les détails de mon rêve. J'avais poussé la porte de la salle de bain où finissait de s'éponger Philippe. J'étais entrée en la refermant derrière moi. Il s'était retourné vers moi et j'étais allée me blottir contre sa poitrine nue et fraîche. Ses bras m'avaient enlacée et chaque centimètre carré de son corps avait épousé le mien... Je m'étais alors réveillée, écrasée par un poids familier, mais qui avait éteint en moi l'ardeur sauvage qui m'avait secouée quelques secondes auparavant.

Je me sentais coupable de ce désir intense ressenti pour un autre homme, je me sentais coupable de ne pas avoir désiré l'homme que j'aimais, je me sentais coupable de ne plus savoir où s'arrêtait le désir et où commençait l'amour et vice-versa. Je me sentais également honteuse, minable, et triste à mourir, parce que je savais désormais que je ne pourrais plus me contenter de ces étreintes fugaces et insatisfaisantes. Je réalisais également que l'amour s'en était allé et que seule la tendresse subsistait.

Le lendemain, Simon ne fit pas allusion à notre intermède de la nuit et je calquai mon attitude sur la sienne. C'était plus facile ainsi.

Notre première journée s'était résumée à une visite générale de la ville. Nous avions marché jusqu'à la tour Eiffel, ce qui nous avait permis de flâner dans les rues et de profiter du beau temps revenu, puisque la veille, Paris nous était apparu sous la pluie. Ensuite, nous avions pris place dans un bus pour un circuit commenté de deux heures : les Invalides, place de la Concorde, l'Opéra, le Louvre, Notre-Dame, les Champs-Élysées, pour ne nommer que les plus célèbres.

Après un déjeuner tardif, nous avions pris une croisière d'une heure, ce qui avait clôturé notre journée, puisque la pluie s'était remise à tomber en rafales vers quinze heures. Pas question, dans ces conditions, de repartir à pied, et nous étions retournés à l'hôtel en taxi, complètement gelés et mouillés malgré nos parapluies.

Curieusement, nous nous sentions euphoriques et nous rigolions comme des gamins en pataugeant dans les flaques d'eau. S'il y avait eu le moindre malaise entre nous, l'averse l'avait emporté.

CHAPITRE 25

Simon me surprit en pénétrant dans la douche derrière moi. Il se colla contre mon dos et saisit mes seins à pleines mains en m'embrassant dans le cou. J'essayai de ressentir quelque chose, mais mon corps semblait sans vie. Pourtant, il y avait des années qu'il n'avait pas eu ce genre de fantaisie. Il fallait croire que notre bonne humeur de la soirée l'avait mis dans d'excellentes dispositions, aussi je faisais de mon mieux pour me prêter à son petit jeu malgré mon manque d'excitation. Il me retourna vers lui et m'embrassa goulûment en pétrissant mes fesses. Décidément, cela ne lui ressemblait pas. Je commençais à me sentir vaguement mal à l'aise, surtout quand je constatai qu'il n'avait pas d'érection. Je me donnais maintenant à fond pour le satisfaire, mais plus nous nous obstinions, plus il était évident que rien de bon ne sortirait de notre corps à corps acharné.

Cependant, il n'abandonnait pas. Il ferma les robinets d'un coup sec et m'entraîna vers le lit sans même prendre la peine de nous essuyer. Son visage était fermé ; on aurait dit qu'il portait un masque de fer. Il ne recherchait pas le plaisir, il tendait vers l'accomplissement seulement. Il avait des gestes brusques, dont la tendresse était totalement exclue. C'était presque comme une mise à mort.

Que voulait-il anéantir ? L'amour, le respect, la complicité, notre couple ? Je pris peur et tentai de le repousser, mais il s'entêtait. Pourtant, son sexe ne pourrait pas remplir l'objectif qu'il lui avait commandé. Pourquoi persévérait-il ? Lorsque je le sentis trembler, je compris enfin que c'était le désarroi qui le motivait, et lui résister ne pourrait qu'empirer son état. Alors, avec des gestes apaisants et caressants, je le calmai et lui prouvai ainsi mon affection, ce dont il avait désespérément besoin du fond de sa détresse.

— Qu'est-ce qui te tracasse, Simon ? Tu dois en parler. Tu es bien placé pour savoir que ce n'est pas sain de refouler ses sentiments.

— La nuit passée, tu rêvais... Tu gémissais d'extase dans ton sommeil comme cela ne t'est plus arrivé depuis très longtemps. Je vois bien que je ne te satisfais pas sexuellement, je ne suis pas aveugle, mais je préférais éviter d'y penser. Tu me facilitais la tâche, étant donné que tu ne te plaignais jamais. Mais je ne peux plus. Ton inconscient a révélé ce que tu réprimais si efficacement.

— Je ne sais pas quoi te dire.

— Il n'y a rien à dire. Je viens de te prouver que je n'ai plus l'ardeur nécessaire pour te rendre heureuse.

— Est-ce que cette ardeur pourrait revenir avec une autre femme ?

— Depuis quelque temps, il m'arrive d'avoir

recours à des fantasmes pour pouvoir y arriver, mais ça ne donne pas vraiment de résultats. En plus, je m'en veux, j'ai l'impression de te tromper.

— On a tous des fantasmes, Simon. Ce n'est pas anormal, à mon avis. Tu as le droit de désirer une autre femme.

— L'amour que nous sommes censés éprouver l'un pour l'autre, la fidélité que nous nous sommes jurée, le couple que nous formons depuis plus de vingt ans, le fils que nous avons élevé ensemble et qui est le fruit de cette union, tu n'en tiens pas compte ?

— Qu'est-ce que tu veux dire ? Nous parlions de fantasmes, à ce que je sache. Qu'est-ce que cela a à voir avec notre réalité ?

— Si j'apprenais que tu désires un autre homme, ça ne me laisserait pas indifférent, Delphine, alors que toi, tu ne m'en voudrais pas.

— Cette discussion dégénère. Il n'a jamais été question que tu me trompes ou que je te trompe, ce qui aurait été différent. Avoir des désirs inassouvis n'est pas un crime. Admirer une autre femme que la sienne n'en est pas un non plus. Passer à l'acte est autre chose, mais ce n'était pas le sujet, alors, ne me prête pas d'intentions que je n'ai pas.

— Ne m'en prête pas non plus, alors.

— D'accord, j'en prends bonne note. Garde tes fantasmes pour toi et je garderai les miens pour moi. Mais n'essaie plus de les combler. Ça ne nous réussit pas de vouloir les mélanger.

Sur ce, je lui tournai le dos et fermai les yeux, bien décidée à lui faire comprendre que je n'étais plus disposée à continuer cet échange qui ne menait nulle part.

Avais-je voulu me déculpabiliser en lui attribuant un désir pour une autre, alors que c'était moi, la fautive, moi qui désirais Philippe au-delà du supportable ?

Je perdais peu à peu l'emprise que j'avais toujours eue sur moi, ainsi que mes illusions sur ma loyauté que j'avais crue à toute épreuve. L'image de la femme sans faille que j'étais jusqu'à présent se lézardait de partout et je me découvrais soudainement humaine. En un sens, toutefois, c'était comme si un fardeau m'était enlevé. Car qu'y a-t-il de plus humain que de se voir telle que l'on est et non telle que l'on voudrait être ?

CHAPITRE 26

Ce matin-là, nous prîmes le métro pour aller visiter le Louvre. Le soleil était revenu, mais l'humidité était écrasante.

On dit du Louvre que, si on s'arrêtait une minute devant chaque œuvre d'art, il nous faudrait quatre mois pour en faire le tour. Finalement, à part la fameuse Joconde, nous nous étions concentrés sur les statues et les sculptures, qui étaient, pour des novices comme nous, plus accessibles à la compréhension. Tout était plus grand que nature ; les salles elles-mêmes étaient aussi magnifiques que ce qu'elles contenaient, à tel point que nous étions complètement saturés quand nous en étions sortis à seize heures. Tant de beauté devait se consommer à petites doses, sinon on n'en remarquait plus les particularités propres à chacune.

Nous avions par la suite traversé les Tuileries et remonté les Champs-Élysées jusqu'à l'Arc de Triomphe, où nous nous étions attablés à une terrasse pour dîner.

Simon était calme, presque songeur, même. Notre entente avait toujours été parfaite, nous nous disputions rarement, mais Jacques Brel ne disait-il pas, dans sa chanson *Les Vieux Amants : n'est-il pas de pire piège que de vivre en paix pour des amants ?* Je me demandais soudainement s'il n'y avait pas une part de vérité dans cette affirmation. La communication entre nous avait été déficiente, c'était un fait, mais, jusqu'à tout récemment, cela ne m'avait pas perturbée outre mesure. Je vivais dans un milieu calme et rassurant, et si certains de mes besoins n'étaient pas tout à fait comblés, je me disais que c'était le prix à payer pour conserver cette paix si bienfaisante au sein de notre couple. Je m'étais tue et c'était aujourd'hui que j'en subissais les dommages. Et, contrairement à ce que j'avais espéré, ce voyage n'arrangeait strictement rien.

Philippe… Cela aurait été trop facile de le rendre responsable de tous mes maux. La flambée qu'il avait provoquée en moi n'était que la conséquence de ce qui couvait déjà. L'insatisfaction était latente et n'attendait que la faille pour éclater.

Et subitement, là, à Paris, alors que j'étais attablée avec mon mari au pied de l'Arc de Triomphe, tout m'apparaissait avec une clarté aveuglante : il n'y avait pas qu'une faille, il y en avait des dizaines…

Je revoyais en pensée les derniers mois, voire la dernière année, et ils étaient noyés dans une grisaille accablante. Il y avait eu le départ de David de la maison et je me rendais compte à présent que c'était vraisemblablement ce qui avait déclenché l'avalanche. Mon fils, mon seul enfant, qui était le centre de mon univers et qui l'avait déserté pour aller bâtir le sien… Une déchirure inguérissable, qui suinterait toujours un peu dans mon cœur de mère.

C'était à compter de ce moment-là que j'avais vraiment réalisé à quel point les horaires de Simon étaient surchargés, que mes soirées étaient dorénavant sous le sceau de la solitude. Je me sentais inutile, inefficace, non désirée.

Mon travail d'intervenante à la Direction de la protection de la jeunesse ne m'apportait plus la satisfaction du devoir accompli. Mon idéalisme du début avait fait place à une résignation détestable. On avait beau avoir toute la bonne volonté du monde, le manque de ressources, de budget et d'appui entravait notre travail et minait notre moral. J'étais fatiguée d'éteindre des feux à longueur de jour, de semaine, d'année, sans jamais pouvoir faire des gestes qui comptaient ou constater des résultats positifs.

Sans compter l'influence néfaste de ma mère. Comme me l'avait fait remarquer Simon, elle avait sans doute laissé des séquelles insoupçonnées qui m'avaient fait renier ma personnalité profonde.

Je me souvenais que je m'étais jetée sur ce projet de voyage comme un chien sur un os quand il est habitué aux éternelles croquettes insipides.

Voilà, j'étais à un tournant de ma vie et il me fallait maintenant choisir entre le diamant qui m'éblouissait de ses mille feux et la perle sage qui m'avait toujours réchauffée.

CHAPITRE 27

— Tu n'as pas l'habitude d'être aussi silencieuse.

Perdue dans mes pensées, j'avais presque oublié la présence de Simon et je sursautai bêtement en entendant sa voix.

— En tout cas, ce n'est sûrement pas à moi que tu pensais. On dirait que tu viens de réaliser que j'étais là.

— Excuse-moi, je suis juste un peu fatiguée.

— Toi ? L'infatigable ? Serais-tu en train de déclarer forfait ?

— Bien sûr que non. C'est ainsi que tu me vois ?

— C'est ce trait de caractère qui m'a attiré vers toi dès le tout début : cette énergie débordante qui ne faiblissait jamais. J'en étais jaloux.

— Jaloux ? Pourquoi ?

— Parce que j'aurais voulu être ainsi. Tu sais que je n'ai jamais vraiment compris pourquoi tu t'étais intéressée à moi ?

— Tu ne m'as jamais dit ça.

— Non, c'est vrai. J'imagine que j'avais peur de te réveiller et que tu réalises que tu avais fait une erreur en m'épousant.

— Simon ! Comment peux-tu dire une chose pareille !

— C'est pourtant la vérité. Tu sais bien que je ne suis pas du tout comme toi. Tu avais toujours plein de projets, alors que moi, j'étais bien à la maison avec mes livres et mes revues.

— Nous avons quand même formé un bon couple, non ?

— J'ai souvent eu l'impression de t'éteindre. Attends, ne proteste pas. Tu as dû t'adapter à mon style de vie parce que j'ai été égoïste, j'ai priorisé mes besoins au mépris des tiens.

— M'as-tu déjà entendue me plaindre ?

— Tu aurais dû. Ce n'est pas un reproche, comprends-moi bien. C'est à moi que j'en veux.

— Pourquoi me dis-tu tout ça maintenant ?

— À cause d'hier, bien sûr. Je n'ai jamais été très porté sur le sexe. Cela demande une volonté de performer comme dans le sport et j'en suis dramatiquement dépourvu, alors que toi, tu en débordes. Mon énergie à moi se concentre au niveau mental, pas physique, et ça ne s'améliorera pas avec l'âge, j'en ai peur. Il est trop tard pour y changer quelque chose, j'en ai fait la preuve hier.

— Et tu crois que toutes nos difficultés découlent de cette problématique ?

— Je suppose que non. À toi de me le dire.

— J'ai toujours voulu d'une vie stable à cause de l'exemple déplorable que m'ont donné mes parents. Je ne sentais pas que tu m'éteignais, au contraire, tu me sécurisais par ta tranquillité, ton calme à toute épreuve, ta confiance en toi et en l'avenir.

— Mais ?...

— Depuis le départ de David, je me sens seule, abandonnée. Je m'ennuie. Parfois, j'ai l'impression d'être passée à côté de quelque chose, mais je ne sais pas quoi. Même mon travail ne me passionne plus.

— Et tu te questionnes sur notre couple ?

— C'est peut-être inévitable, la suite logique de tout le reste.

— Est-ce que tu m'aimes encore ? C'est la première question à se poser, non ?

— Bien sûr que je t'aime encore. Mais les papillons dans le ventre ont disparu depuis longtemps.

— Tu ne peux pas résumer tous nos problèmes à ce seul aspect, Delphine, tu viens de le réaliser. Outre le fait que ma libido n'est pas ce qu'elle devrait être, il est plutôt rare qu'un couple marié depuis vingt ans ressente encore la passion du début. Il faut se raccrocher à autre chose, mais tu ne sembles plus trouver d'intérêt à notre existence. Je suis prêt à faire des efforts, mais tu ne peux pas me forcer à devenir quelqu'un que je ne suis pas. Nous étions heureux jusqu'à maintenant, non ? Notre recette fonctionnait bien. Pourquoi faudrait-il la modifier ?

— Parfois, ajouter un ingrédient nouveau peut nous faire redécouvrir des saveurs oubliées.

— Ou camoufler le goût que l'on préférait.

— Restons-en là, veux-tu ? Ça vaut mieux.

— Je t'aime, Delphine. Pour moi, il n'y a aucun doute. Je ne veux pas te perdre, mais je dois me respecter aussi. Il y a des choses que tu dois mettre en ordre dans ta tête. Nous ne réglerons rien aujourd'hui, c'est clair, aussi je te suggère de profiter du reste de notre voyage en mettant tout cela de côté. Il n'y a pas que du négatif entre nous, non ?

— Bien sûr que non !

— Il y a des couples qui ne s'aiment plus, mais qui décident d'un commun accord de rester ensemble comme des colocataires, parce qu'ils se font tout de même du bien. Ce n'est pas notre cas, Delphine, nous nous aimons en plus de nous faire du bien. Pourrais-tu envisager un arrangement de la sorte entre nous ? Ne réponds pas tout de suite, tu as le temps d'y réfléchir.

À l'entendre, ça paraissait tellement simple et si réaliste. J'avais envie d'y croire. Il avait saisi mes mains par-dessus la table et les serrait si fort que je me retenais de grimacer. Son regard était rempli d'espoir, mais, derrière, il y avait de la peur aussi.

Oui, j'avais envie d'y croire.

CHAPITRE 28

Ma nuit se passa difficilement. Dans un sens, j'étais soulagée d'avoir mis cartes sur table. Cela m'avait permis de constater que tous les bouleversements que je vivais n'étaient pas dus qu'à Philippe, mais mes problèmes n'étaient pas résolus pour autant. Lorsque ce voyage prendrait fin, pourrais-je retrouver le même quotidien ennuyeux, puisque mon mari ne partageait pas mes vues ? En admettant que oui, deviendrais-je une proie facile et vulnérable à d'autres Philippe qui croiseraient mon chemin ? D'après ma récente expérience, je savais maintenant que l'attrait du nouveau était dangereusement puissant.

Et Philippe ? Il était peut-être temps de me questionner à son sujet. Ce que je ressentais pour lui n'était-il que du désir ? En réalité, je savais déjà que la réponse était non. Mais est-ce qu'on pouvait vraiment parler d'amour ? Est-ce que ce feu dévorant se révélerait n'être qu'un feu de paille, vite refroidi lorsque nous serions séparés par un océan ? Est-ce que je pourrais quitter Simon pour lui, dans l'état actuel des choses ? Non, bien sûr que non !

On ne peut pas rejeter vingt ans de sa vie sans être

certain qu'il n'y a plus rien à tenter, à espérer. Simon avait droit à une dernière chance, je lui devais bien ça. D'une manière ou d'une autre, si je décidais un jour de le quitter, cette décision serait basée sur ma réalité personnelle et non sur un mirage, aussi tentant soit-il.

Le soleil se leva et je me secouai ; pour l'instant, notre voyage, qui avait pris les allures d'une trêve depuis la veille, n'était pas terminé et, comme Simon l'avait si bien dit, je devais mettre tout ça de côté pour ne pas ternir ce qui avait si bien commencé.

Nous partions toujours tôt. Il y avait tant à voir à Paris que nous n'avions pas d'autre choix, malheureusement, que de précipiter nos visites. Notre première étape de la journée était la Sainte-Chapelle, toute de pierre et de verre. Sa transparence multicolore était éblouissante, sa somptuosité, prodigieuse, et nous y circulions avec dévotion et respect.

La Conciergerie étant tout à côté, nous ne pouvions pas manquer d'aller y faire un tour. L'atmosphère y était encore pesante quand on passait devant la reconstitution de certains cachots, dont celui de Marie-Antoinette. Néanmoins, c'était le genre de visite que préférait Simon, par rapport aux églises, par exemple.

Nous déjeunâmes en face de Notre-Dame, qui était de l'autre côté de la Seine. C'était là, bien entendu, que nous avions l'intention de diriger nos pas après ce court repos indispensable.

Attablée près de mon époux, je me sentis soudainement très triste en contemplant ce temple sacré, parce que je m'y agenouillerais sans savoir quelle prière adresser à Dieu.

Notre-Dame de Paris, Notre-Dame du monde... La plus grande, la plus célèbre. Sa magnificence était écrasante, et ses trésors, inestimables. On la croyait lumineuse, mais elle était, au contraire, relativement obscure. Le silence y était de mise, la prière y était de rigueur. Peu importait la religion que l'on pratiquait, que l'on fût croyant ou non, la sainteté du lieu était indiscutable et faisait plier l'échine, le geste universel de tous les orants du monde. Je n'y fis pas exception, mais mon cœur resta désespérément muet. Que demander quand l'avenir n'est plus qu'un brouillard dense sans aucun repère ?

Le Panthéon était notre dernière visite de la journée, mais non la moindre. Cette ancienne église érigée en l'honneur de sainte Geneviève par le roi Louis XV était d'une beauté à couper le souffle, avec ses toiles immenses, ses sculptures splendides et son décor lumineux. La crypte du sous-sol renfermait les cercueils de grands personnages, tels Victor Hugo, Voltaire, Alexandre Dumas, Pierre et Marie Curie. Pourtant, cet endroit à la vocation mortuaire n'était pas triste malgré la relative sobriété du lieu. La reconstitution du pendule de Foucault, qui démontrait le mouvement de rotation de la Terre, fascinait Simon, et je devais admettre que c'était effectivement étonnant.

Lorsque nous revînmes à l'hôtel après avoir dîné près de la Seine, j'étais épuisée et aucun problème existentiel n'aurait pu troubler mon sommeil cette nuit-là.

CHAPITRE 29

Pour notre dernière journée à deux, nous avions réservé des places pour une visite guidée de Versailles.

Que dire de Versailles qui n'a pas déjà été dit ? Ce n'était pas un palais, c'était une ville entière. Il renfermait tant de richesses qu'on se sentait étourdi. On ne savait plus où regarder. Rien que la galerie des Glaces valait le déplacement, mais toutes les pièces que nous visitions rivalisaient de beauté.

Simon se moquait ouvertement de mon air de petite fille qui rêvait encore de princesses de contes de fées vivant dans des châteaux des *Mille et Une Nuits*. Quant à lui, il se disait écœuré de toute cette indécente opulence. Mais il avait beau en penser ce qu'il voulait, ce château demeurait tout de même une pure merveille.

Au début de l'après-midi, nous étions déjà de retour dans la capitale et, comme nous n'avions rien prévu d'autre, nous avions marché au hasard. Nous pénétrâmes dans l'église Saint-Roch, une des plus vieilles de Paris, presque aussi longue que Notre-Dame et tout aussi magnifique dans son genre. La plupart des églises que nous avions visitées étaient sombres, et celle-ci ne faisait pas exception. Par contre, ce qui la caractérisait, c'était que, dès que nous passions le seuil, une tache de lumière tout à l'autre bout du sanctuaire, en face de nous, perçait la pénombre ambiante. De loin, on aurait dit un oiseau tout blanc, en plein vol, avec les ailes écartées à l'horizontale. Cela me fit un effet percutant, comme si j'avais reçu un coup à l'estomac. Quand le Saint-Esprit était apparu à Marie pour lui annoncer qu'elle enfanterait miraculeusement, je m'imaginais la scène ainsi : une nuit noire et, tout à coup, une déchirure dans le ciel sombre où apparaissait un oiseau immaculé qui irradiait, mais n'aveuglait pas.

J'avançais doucement, je contournais des obstacles, les yeux fixés sur ce point lumineux, mais j'avais l'impression qu'il ne s'approchait pas, qu'il s'éloignait, ou que c'était moi qui piétinais. Finalement, je parvins au bout de ma quête. C'était un Christ en croix dans une sorte de niche éclairée par le haut. Je restai là un temps infini, bouleversée et étrangement réconfortée. Certes, je ne savais toujours pas ce que me réservait l'avenir, mais, en cet instant précis, je me sentais en paix.

Les anges dorés sur le toit de l'Opéra nous attirèrent ensuite, et nous le visitâmes à l'aide d'un guide. Vingt-quatre sortes de marbre de différentes couleurs, des dorures, du bronze, du cuivre, de la fonte, du cristal, ce monument qu'avait construit Charles Garnier, un architecte avant-gardiste, était un spectacle à lui seul. Or, même si ses richesses étaient tout aussi spectaculaires que celles de Versailles, mon cher mari était complètement séduit et ne pensait plus à évaluer le nombre de familles qui avaient souffert de la faim à cause de sa construction. Comme les hommes pouvaient parfois se montrer illogiques !

Pour me venger de sa mauvaise foi quand je le lui eus fait remarquer, je le traînai aux Galeries Lafayette sous prétexte d'admirer la coupole, qui était réellement magnifique, et j'en profitai pour faire les boutiques, ce qu'il détestait royalement.

Nous revînmes à l'hôtel à dix-huit heures, ne voulant à aucun prix rater l'arrivée de Sonia et de Philippe prévue pour dix-neuf heures.

Ces quatre jours loin de lui m'avaient paru longs, mais ils m'avaient permis de réfléchir. Quand il était là, je perdais toute maîtrise sur mon esprit, et ma logique m'abandonnait. Mes dernières discussions avec Simon m'avaient fait comprendre que je traînais plus d'un problème dans mon sillage, et j'avais le pressentiment que d'autres surprises dans le genre m'attendaient encore. Lorsqu'on commence à creuser, on ne sait jamais ce qu'on va trouver au fond ni à quelle profondeur il faudra se rendre pour atteindre un sol propice à de nouvelles cultures. Dans ces moments-là, la dernière chose à faire est de prendre des décisions capitales, surtout si elles impliquent d'autres personnes que soi.

Indépendamment de ce constat, je n'étais pas prête à quitter Simon. La passion que m'inspirait Philippe me faisait peur, je l'ai déjà dit. Telle que j'étais en ce moment, je n'étais pas aguerrie pour ce genre de sentiment intense et impossible à dominer. Quand on passe toute une vie à vouloir tout contrôler, à rechercher la paix, à éviter les excès et à se plaire dans un quotidien sans surprise, on ne peut pas devenir tout le contraire en quelques jours à peine. Je n'étais même pas certaine de pouvoir être heureuse dans un tel tourbillon des sens. Je me sentais dépassée par les événements.

Néanmoins, cela ne m'empêchait pas d'être fébrile à la pensée de revoir Philippe. Le calme des derniers jours était balayé par la tempête qu'il faisait naître en moi.

CHAPITRE 30

Quel bonheur de se retrouver tous les quatre ! Jusqu'à la dernière minute, j'avais eu peur que Philippe me prenne au mot et annule leur voyage. Certes, j'étais encore décidée à tenter de sauver mon mariage, mais je ne voulais pas renoncer à la griserie qui s'était emparée de moi, du moins, pas si tôt. En le revoyant, j'avais eu l'impression que mon cœur se remettait à battre, et le premier regard que nous échangeâmes à sa descente du train me confirma qu'il en allait de même pour lui.

Néanmoins, il n'y avait pas que lui qui m'ait manqué : j'étais heureuse également de revoir Sonia. Elle nous communiquait son enthousiasme, de sorte que notre dîner se déroula sous les blagues et les rires. Le vin était particulièrement bon et corsé ; il coulait dans ma gorge et se propageait dans mes veines, rougissant mes joues et mettant des étincelles dans mes yeux. Je riais à gorge déployée, je m'amusais comme une folle. C'était si bon de se laisser aller, de tout oublier et de vivre.

Les deux hommes abandonnèrent bien vite leurs discussions sérieuses pour se mettre à notre diapason, à Sonia et à moi. Ce soir-là, c'était la fête de la

Musique dans les rues de Paris et il y avait des gens partout. Nous nous retrouvâmes à l'Institut du monde arabe où un groupe se démenait sur une scène improvisée. Dans un coin, des spectateurs dansaient, et Sonia y entraîna un Simon paniqué qui n'osait cependant pas résister. Philippe me défia du regard, mais tout le vin que j'avais ingurgité m'avait rendue plus téméraire et je lui tendis la main avec un sourire malicieux. Les yeux flamboyants, il la saisit et m'emmena à travers les danseurs, où je vis Simon se contorsionner en riant, manifestement surpris de son audace et de la joie que cela lui procurait.

Les gestes de Philippe étaient mesurés et précis lorsqu'il m'effleurait au hasard de la danse. Sa main qui se glissait, l'espace d'un instant, dans le creux de mes reins, ses doigts qui se posaient comme un souffle sur ma nuque, sa jambe qui frôlait la mienne comme par inadvertance, son bas-ventre qui s'appuyait contre mes fesses pendant que nous tourbillonnions, rien qui risquait d'attirer l'attention, mais tout pour me faire damner. Mon cœur tambourinait dans ma poitrine, et cela n'avait rien à voir avec le rythme de la danse. Je me sentais ivre, et ce n'était plus le vin qui était en cause. Le désir me fouaillait et me faisait haleter. C'était un jeu dangereux. Dans un éclair de conscience, je m'arrachai au groupe compact des danseurs et courus vers une zone d'ombre où je ne pus m'empêcher de vomir.

J'entendis un bruit de course derrière moi, et Simon apparut, Sonia et Philippe en retrait derrière lui. Je me jetai dans ses bras et je l'étreignis de toutes mes forces.

La fête était finie.

CHAPITRE 31

Nous étions revenus à l'hôtel en taxi dans un calme étrange. Sonia était assise à l'arrière avec Simon et moi, alors que Philippe avait pris place à l'avant. Je n'aurais pas supporté qu'il soit près de moi et il l'avait sûrement senti, car il s'était approprié la place près du chauffeur sans demander l'avis de personne.

Sonia était dans un état proche du mien. Après quelques mètres seulement, sa tête avait roulé sur mon épaule, et elle s'était endormie la bouche ouverte. Quand le taxi se gara devant notre hôtel, nous eûmes toutes les peines du monde à la réveiller. Après quoi, nous nous retrouvâmes sur le trottoir, comme quatre naufragés. Échevelés, les yeux bouffis, les vêtements froissés et même tachés, un peu chancelants, nous avions tout des rescapés d'un cataclysme. Sonia se mit à rigoler, et nous l'imitâmes sans trop savoir pourquoi.

Aussitôt que nous pénétrâmes dans notre chambre, Simon se planta devant moi, visiblement en attente d'une explication de ma part.

— J'ai trop bu.

— Pas plus que nous tous.

— Tu sais que je supporte moins bien que toi les abus. J'ai un foie fragile, il faut croire.

— Tu avais l'air paniqué. J'ai cru qu'il était arrivé quelque chose.

— Je déteste vomir. Cela me met toujours dans tous mes états.

— Tu t'es jetée sur moi comme si tu avais besoin de ma protection.

— J'étais malade dans un endroit inconnu, à travers une foule d'inconnus ; toi seul m'étais familier. Ma réaction était normale dans les circonstances.

— Sonia et Philippe…

— … sont presque des inconnus aussi, tu l'oublies. En tout cas, je ne suis pas encore assez à l'aise avec eux pour vomir sur leurs chaussures.

— Il n'y a pas que ça. Ton attitude était déplacée, Delphine. Tu te trémoussais devant Philippe comme si tu voulais l'aguicher.

— Tu exagères. La musique latino se danse en roulant des hanches et c'est ce que nous faisions, comme tous ceux qui étaient là, d'ailleurs.

— Est-ce que Philippe t'attire physiquement ?

— C'est un bel homme, je ne le nie pas, et sous l'effet de l'alcool, je me suis peut-être laissée aller à flirter avec lui, ce soir, mais c'est sans conséquence.

— Tu as pensé à Sonia ? Si j'ai remarqué ton petit manège, elle risque de l'avoir vu aussi. Moi, je te connais, je sais que ce n'était qu'un jeu pour toi, mais elle ? Quelle conclusion en tirera-t-elle ?

— D'accord, je me suis mal comportée et je m'en excuse, mais cesse de me faire la morale. Je me sens assez mal comme ça sans que tu en rajoutes à propos de Sonia ! Si ça se trouve, elle était plus soûle que moi, alors, ça m'étonnerait qu'elle nous ait observés avec autant d'attention que tu sembles l'avoir fait. Vu que tu ne veux jamais danser avec moi, ce n'est pas la première fois que je me laisse emporter par l'ivresse de la danse avec un autre homme et tu ne m'as jamais rien reproché.

— Disons qu'avec tes remises en question, c'est peut-être normal que j'éprouve un peu d'insécurité, non ?

— Je ne crois pas que nous devrions revenir là-dessus ce soir. Nous avons trop bu, tous les deux, et nos idées ne sont pas assez claires pour entamer une discussion que, par ailleurs, nous avons déjà eue et qui s'est conclue par une entente de statu quo jusqu'à la fin de notre voyage. Maintenant, excuse-moi, mais j'ai un urgent besoin de vomir encore une fois.

Sur ce, je me précipitai dans les toilettes en claquant la porte derrière moi. Les mensonges s'accumulaient sur ma conscience et m'étouffaient. Ce que j'avais régurgité, ce n'était pas du vin, mais des remords, de la honte, de l'hypocrisie.

CHAPITRE 32

Nous avions tous l'air passablement esquintés le lendemain matin, quand nous nous étions retrouvés au petit déjeuner. J'étais gênée de l'épisode de la veille et je me préparais à présenter des excuses, quand le teint de Sonia vira au vert après qu'elle eut ingurgité une gorgée de café. Elle se précipita vers les toilettes en faisant tomber sa chaise. Philippe soupira en nous adressant un timide sourire.

— Elle a fait ça toute la nuit. Elle n'a jamais supporté l'alcool. Je ne sais pas ce qui lui a pris hier d'en boire autant.

— On ne peut pas lui jeter la pierre, dit Simon, un peu mal à l'aise.

— Non, c'est certain. Cependant, je crois qu'il serait préférable de faire des visites à l'extérieur. La journée serait idéale pour aller flâner au jardin du Luxembourg. Qu'en dites-vous ?

Nous convînmes que c'était la meilleure solution pour tout le monde et, dès que Sonia revint, le visage un peu moins verdâtre, nous nous dirigeâmes vers le métro. Toutefois, nous dûmes écourter le trajet, car l'air pur nous faisait défaut à tous les quatre. Nous préférions marcher pour nous rendre à destination.

Il faisait un temps splendide, très ensoleillé, mais un peu frais. C'était la température parfaite pour des convalescents comme nous.

Flâner dans Paris était une activité en soi. Les couleurs, les odeurs, l'effervescence, le bruit, tout cela faisait partie d'une immense toile grandeur nature, une toile miraculeusement vivante. Les jardins étaient magnifiques. Autour du grand bassin flânaient de nombreux badauds, mais l'espace était tellement vaste que nous ne nous sentions pas bousculés. Il y avait des transats et des chaises un peu partout. Nous en dénichâmes quatre et nous nous installâmes au soleil. Je fermai les yeux, détendue et abandonnée, mais bientôt, sous l'effet de la caresse du soleil, mon esprit s'égara et des sensations troublantes fourmillèrent inopportunément sous la surface de ma peau. Je rouvris les yeux brusquement pour les chasser, et mon regard rencontra celui de Philippe, qui me faisait face. Sonia et Simon semblaient assoupis. Ses yeux brûlants et torturés me dévisageaient intensément. Malgré lui, ils descendirent et détaillèrent ma poitrine, que le t-shirt moulait avantageusement, mon ventre à la courbe à peine visible, mes cuisses qui tendaient le tissu du jean ajusté que je portais. Je me sentais mise à nu et je le suppliai du regard de ne pas continuer. Il secoua la tête doucement, les traits tirés par l'amertume. C'était plus fort que lui, plus fort que nous, plus fort que moi. Nous étions obsédés, possédés, hantés.

Mais qu'est-ce qui m'arrivait ? Étais-je tombée amoureuse de cet homme ? Tout chez lui me plaisait, m'attirait et me rendait folle. Je me souvenais de la première fois où je l'avais vu, à Chambord. J'avais eu une sensation de déjà-vu, comme une sorte de vertige ou un rêve éveillé, je ne savais pas comment expliquer cette manifestation. Puis, le monde réel avait repris ses droits et j'avais cru que j'avais eu une sorte de malaise.

Plus tard, il avait posé sa main près de la mienne, alors que je caressais doucement la surface rugueuse du mur de pierre et je n'avais pas osé le regarder de peur de ressentir encore la même chose.

— La plupart des gens disent que la pierre est froide.

— Je ne dirais pas ça. Elle est plutôt... vibrante.

Il m'avait dévisagée avec un drôle d'air et j'avais rougi en tentant d'expliquer ma remarque.

— Je ne la sens pas vraiment vibrer, c'est en moi que ça se passe. C'est bizarre, je sais.

— Ça ne l'est pas du tout, mais c'est très rare. Moi aussi, je la sens vivre.

Je n'avais pas répliqué. De toute façon, un des autres touristes l'avait accaparé et nous avions terminé le circuit. Ensuite, à Chenonceau, il avait repris la conversation, comme s'il n'y avait pas eu d'interruption.

— Est-ce que tu les sens murmurer, aussi ?

— C'est plus comme un bourdonnement, comme

une radio qui grésille parce qu'elle n'est pas sur la bonne fréquence. Mais c'est dans ma tête, ce n'est pas réel.

— C'est dans la mienne aussi.

Nous partagions tant de choses, des choses que les autres ne comprendraient pas. Si je racontais cela à Simon, il me croirait folle ou à tout le moins perturbée.

Et notre attirance physique n'arrangeait rien. Bien que les contacts entre nous aient été rares, nos deux corps se cherchaient et s'attiraient, et il ne faisait aucun doute que notre communion serait totale et parfaite.

J'étais déchirée et il l'était tout autant que moi. Si l'âme sœur existait, s'il était vrai que nous avions tous un double qui nous était destiné dans l'univers, il était là, devant moi, et ce n'était pas mon mari, que je chérissais encore sincèrement malgré tout.

Moi qui m'étais toujours considérée comme une femme honnête, loyale, franche et fidèle, je ne me reconnaissais plus. Je n'étais pas de nature excentrique et fantaisiste, je réfléchissais toujours avant d'agir ; j'étais, d'habitude, raisonnable et rationnelle, et je menais ma vie sagement en tenant compte des préceptes et des valeurs que ma grand-mère m'avait inculqués après la mort de ma mère, lorsque j'étais allée vivre avec elle. Mon mariage avec Simon reflétait tous ces traits de caractère que j'avais forgés dès mon plus jeune âge pour ne pas ressembler à mes géniteurs.

Qui était donc cette femme qui avait pris possession de moi ? Cette femme qui rêvait d'aventures, de vie nouvelle, de défis, qui voulait secouer le carcan de bienséance qui l'étouffait, qui achetait des vêtements sexy, comme ce jean que je m'étais offert aux Galeries Lafayette à un prix exorbitant, qui faisait des rêves érotiques, qui épiait un homme nu par une porte entrouverte, qui se caressait sous la douche, qui mentait, dissimulait et simulait ? M'étais-je reniée à ce point en tant que femme ?

Je me faisais peur. Je ne savais plus qui j'étais.

Des larmes coulèrent malgré moi, et il ferma les yeux pour ne pas les voir, ou peut-être pour retenir les siennes. Car il était comme moi.

— Chérie, tu pleures ? demanda Simon en me serrant la main tendrement.
— De bonheur. Tout ça est trop beau pour être vrai, non ?
— Tu as raison. Que demander de mieux ? Être avec l'être aimé, avec des amis sincères, en vacances dans une ville légendaire... Voyons, Delphine, calme-toi, je ne t'ai jamais vue si émotive.

CHAPITRE 33

Ce soir-là, nous allions au Moulin-Rouge et nous retournâmes à l'hôtel relativement tôt, car les dames désiraient se faire belles !

Ma robe était d'un genre plutôt classique. Elle était blanc et noir avec de fines bretelles et elle s'arrêtait au-dessus du genou, mais elle m'allait particulièrement bien. Le tissu était fluide et épousait mes courbes avantageusement. Le décolleté était audacieux, mais j'avais apporté une écharpe pour couvrir mes épaules, et je portais des sandales noires à talons hauts, ce qui affinait encore ma silhouette. Je savais que Simon me trouvait particulièrement belle dans cette tenue, mais c'était à Philippe que je pensais en me préparant et je me maudissais de le faire.

Nous nous rejoignîmes dans le hall d'entrée. Sonia était époustouflante. Elle avait laissé ses cheveux tomber sur ses épaules. C'était la première fois que je la voyais ainsi et j'eus un coup au cœur en imaginant Philippe en train d'y plonger son visage avec volupté. Ses rondeurs étaient atténuées par sa robe toute noire et droite. Par contre, elle avait un atout de taille avec lequel je ne pouvais rivaliser, à savoir sa poitrine orgueilleuse et imposante, qu'elle avait choisi de mettre fièrement en valeur plutôt que d'essayer de la camoufler, ce qui faisait paraître mon écharpe complètement dérisoire, moi qui possédais à peine la moitié de ses attributs.

Étais-je jalouse ? Devais-je encore ajouter ce défaut à tous les autres que je m'étais découverts récemment ? Une boule se forma dans ma gorge et j'aurais voulu me terrer au fond d'un trou inaccessible où plus rien ne pourrait m'atteindre. J'adorais Sonia, elle m'attirait parce qu'elle représentait tout ce que je n'étais pas. Elle était vive, joyeuse, extravertie, naturelle et irrésistible, mais ce n'était pas sa faute si tant de grandeur d'âme me faisait sentir, en comparaison, encore plus fausse que je ne l'étais. Je pouvais lui envier sa vie, convoiter son mari, désirer être comme elle, mais je n'avais pas le droit d'en être jalouse. Elle n'avait rien fait pour mériter cela.

Simon se précipita pour ouvrir la portière du taxi qui nous attendait et, au moment où j'emboîtais le pas à Sonia, je sentis la main de Philippe se poser légèrement au creux de mes reins en une caresse furtive. Je captai son regard admiratif et cela me mit un baume au cœur tout en me culpabilisant de voler ce moment à Sonia.

Le souper, la revue, tout était à la hauteur de la réputation du célèbre cabaret. Comme d'habitude, Sonia donna le ton de la soirée et j'oubliai rapidement mon humeur morose pour joindre mon rire à celui des autres.

CHAPITRE 34

Le lendemain matin, le temps était nuageux et venteux. Nous partîmes tout de même visiter le cimetière du Père-Lachaise, le plus grand de Paris. C'était loin ; nous devions faire un trajet de quarante minutes en métro pour nous y rendre.

De la pierre, encore de la pierre, rien que de la pierre dans cette nécropole mystique aux allures de labyrinthe. Mes sens aiguisés à l'extrême m'agressaient, dans ce lieu trop évocateur de souvenirs. Je me sentais sollicitée de toutes parts, j'avais envie de m'attarder partout, de caresser les surfaces polies, de vibrer avec elles. J'avais la gorge serrée par les émotions.

Sonia et Simon consultaient le plan sans arrêt et nous entraînaient vers les sépultures les plus célèbres, inconscients du tumulte qui nous secouait, Philippe et moi, car lui aussi avait été aspiré dans le tourbillon fantomatique du passé.

Il n'y avait rien de sexuel ce matin-là dans notre complicité. Et pourtant, quoi de plus intime que ce don rare que nous partagions ? Mais pouvait-on vraiment appeler cela un don ? Jamais je n'avais éprouvé cela auparavant. Je n'étais ni médium ni devin. Je n'avais jamais vécu d'expérience particulière, je n'avais jamais songé à la vie après la mort, ou à la réincarnation, je n'avais jamais cru qu'il y avait un endroit appelé ciel où on se retrouverait tous un jour si on menait une bonne vie. Dans mon esprit, le purgatoire et l'enfer n'étaient que des mots différents pour parler du mal.

Évidemment, je croyais au bien et au mal, je croyais qu'il y avait quelque chose ou quelqu'un – que son nom soit Jésus ou Allah – qui était plus grand que nous. Je croyais aux valeurs saines, je croyais que ce que nous faisions de mal pouvait à tout moment nous retomber dessus. Je pensais qu'on n'avait pas besoin d'un paradis ou d'un enfer mythique, qu'on avait tout ce qu'il fallait sur cette terre pour mériter l'un ou générer l'autre.

Depuis que j'avais débarqué sur le sol français, j'étais confrontée à des concepts inconnus et ignorés. J'étais possédée. Une entité avait pris possession de moi, ou bien j'étais aux prises avec un syndrome de personnalités multiples, je ne savais trop. Ou bien, encore pire, j'étais folle à lier. Je laissai échapper un petit rire, que je réprimai aussitôt en voyant Simon m'examiner d'un regard qu'il réservait d'habitude à ses patients.

— Hier, tu pleurais, aujourd'hui, tu ris toute seule.

— C'est cela l'équilibre, non ? Si je pleurais tout

le temps ou si je riais sans arrêt, c'est ce qui serait inquiétant, il me semble.

Il ne répliqua pas, mais il devint songeur en me voyant prendre le menu pour le consulter. Nous étions attablés pour déjeuner, et j'étais tellement perdue dans mes pensées que je ne me rappelais pas si j'avais commandé ou non. En voyant arriver ma salade, je compris pourquoi il me dévisageait ainsi. Je lui adressai un sourire contrit, mais ce fut Sonia qui détendit l'atmosphère en éclatant de son grand rire communicatif, que nous reprîmes tous en chœur.

Bienheureuse Sonia !

Plus je la connaissais, plus je l'appréciais et cela ne me facilitait pas les choses. J'avais l'impression de la tromper autant que Simon. En revoyant Philippe après notre séparation de quatre jours, j'avais confusément compris qu'une étape avait été franchie. Je savais dorénavant qu'il ne me serait plus possible de résister si l'occasion de se retrouver seuls se présentait. Je l'espérais et le redoutais en même temps, de sorte que je n'osais même plus aller aux toilettes toute seule.

Parfois, la nuit, je me laissais aller à imaginer une issue semblable et je me torturais à essayer de prévoir les réactions de Simon et de Sonia s'ils venaient à découvrir nos tromperies. Mon mari était, de l'avis de tous, un homme posé, patient et peu porté à la colère, mais, s'il y avait une chose au monde qu'il ne supportait pas, mais alors pas du tout, c'était bien le mensonge. David l'avait expérimenté très tôt, à l'âge de trois ans, alors qu'il avait juré que ce n'était pas lui qui avait mordu la petite voisine avec qui il jouait. Lorsque Simon, sûr de son fait, avait rapporté cela aux parents outrés, on l'avait confronté à la parole de la femme d'en face qui avait tout vu. C'était la seule fois où il avait donné la fessée à David et il s'en souvenait encore. Il n'avait plus jamais recommencé et, moi, je m'étais fait la réflexion que j'avais tout intérêt à filer droit. J'avais donc des raisons d'appréhender sa réaction si je devais me rendre coupable d'adultère.

Quant à Sonia, je ne la connaissais pas suffisamment pour savoir ce qu'elle ferait, mais, rien qu'à me représenter son regard empli de reproches et de chagrin, je me sentais la pire des pécheresses.

Je n'étais pas faite pour cette vie et je priais Dieu de m'en préserver.

CHAPITRE 35

En après-midi, nous partîmes en excursion au Bois de Boulogne, où nous louâmes des bicyclettes, le temps le permettant.

C'était un loisir que je pratiquais beaucoup chez nous, même l'hiver à l'aide d'un vélo d'appartement. J'étais enchantée et je roulais en avant des autres sans me soucier de leur endurance, ce qui ne tarda pas à faire des mécontents, à ma grande consternation.

— Delphine, on ne pourrait pas faire une petite pause ? intervint Sonia d'une voix plaintive. Je suis peut-être un peu plus jeune que toi, mais je pèse plus que toi.

— Et moi, je ne fais pas, comme toi, de vélo à longueur d'année, renchérit Simon, qui haletait lamentablement.

Effectivement, ces deux-là présentaient une figure rougie par l'effort. Quant à Philippe, il ne semblait pas plus essoufflé que moi. Simon le regardait avec un air jaloux.

— Toi aussi, tu as l'air habitué à ce sport.
— Pas vraiment, mais je m'entraîne pas mal, ça fait une différence.

À partir de ce moment, nous nous arrêtâmes toutes les quinze minutes, mais, au bout d'environ une heure à ce régime, Sonia demanda grâce, approuvée sans réserve par Simon. J'étais véritablement déçue.

— Il faut terminer le tour pour rendre les vélos à notre point de départ, fis-je remarquer.
— Nous pouvons aussi rebrousser chemin, ça sera moins long, rétorqua Simon.
— Il nous reste environ une heure trente ; ça ne fait que trente minutes de plus, plaidai-je.
— Trente minutes de trop en ce qui me concerne, ajouta Sonia. Je suis désolée, Delphine, je croyais que j'en serais capable, mais c'est au-dessus de mes forces.
— Ne t'excuse pas, je comprends. Je me montre égoïste. C'est moi qui devrais m'excuser.
— Mais continuez, vous deux. Simon et moi, nous pourrions revenir en arrière. Ainsi, tout le monde serait content.
— Pas la peine, nous rebrousserons chemin avec vous, m'empressai-je de répliquer.
— Philippe, ça te dit ? insista Sonia.
— Je suis partant, répondit l'homme que je voulais fuir. On y va ?

De toute évidence, j'étais la seule à avoir remarqué l'éclair qui était passé dans son regard lorsqu'il avait prononcé ces dernières paroles, car les deux autres avaient déjà fait demi-tour en nous faisant un signe de la main. À bien y penser, Simon n'avait pas eu l'air enchanté de la situation, son silence en faisant foi.

La seule solution raisonnable qu'il me restait consistait à prendre les devants et à ne jamais m'arrêter. Je m'élançai sans crier gare et le distançai rapidement, mais il ne tarda pas à me rattraper.

— Delphine, arrête-toi un peu. Nous devons parler.
— De quoi ?
— Tu le sais très bien.

Bien sûr que je le savais, comme je savais comment cela se terminerait et comme j'avais su qu'en nous retrouvant seuls, ce serait inévitable. Je ralentis progressivement et m'arrêtai à un endroit où nous pouvions pénétrer dans les taillis avec nos vélos et où nous pourrions nous dissimuler aux regards. J'acceptais d'ores et déjà ma défaite, si on pouvait utiliser ce mot en remplaçant la résignation qu'il suggère par une excitation impudique.

Nous nous assîmes à même le sol sur un tapis de fougères qui semblait avoir été placé à cet endroit à dessein pour accueillir cet instant où la vie de deux êtres allait se jouer, celle de Philippe et la mienne. Il prit délicatement mes mains pour m'attirer plus près de lui, mais sans trop insister.

— Je n'ai pas oublié ce que tu m'as dit. Nous

sommes mariés, nous vivons dans deux pays différents, nous nous connaissons depuis peu, tu as des valeurs bien ancrées et j'affirme que j'ai les mêmes, mais je ne peux plus lutter contre ce que je ressens pour toi, Delphine. Il faut que je sache ce qu'il en est de ton côté.

— Je ne me serais pas arrêtée si ce n'était pas pareil pour moi.

— Dès que je t'ai vue la première fois, à Chambord, j'ai senti quelque chose de spécial. Je ne croyais pas te revoir, mais le hasard t'a remise sur mon chemin à Chenonceau et, lorsque je vous ai envoyés chez mes amis Florence et Bernard, c'était dans le but délibéré de vous y retrouver. Même alors, je ne pouvais pas résister à ton attrait. Tu vois ? Je te dis tout, je veux que tu saches que j'ai tout fait pour être avec toi, jusqu'à persuader Sonia de vous accueillir chez nous. Si tu sens que je t'ai forcé la main, c'est maintenant que tu dois le dire.

— J'ai tenté de lutter, c'est vrai, mais tu n'as rien forcé.

— Lorsque je vous ai laissés à la gare en Provence, j'avais pris la décision de ne pas venir à Paris, comme tu me l'avais suggéré, mais ces quatre jours loin de toi ont été un supplice. Je t'aime comme un fou, Delphine, je ne peux pas m'en empêcher.

— Je suis folle aussi, alors.

Chaque phrase, chaque parole, chaque aveu nous avaient rapprochés l'un de l'autre, et il n'eut qu'à faire un tout petit geste pour que ma bouche fonde sur la sienne.

CHAPITRE 36

Sa bouche, sa langue, ses mains, ses bras, son corps, j'en avais rêvé si souvent que tout m'était familier et en même temps délicieusement nouveau. C'était comme si je retrouvais enfin ma route après avoir fait un long détour. Il était exigeant, mais j'étais prête à tout, sans aucune inhibition. Mes formes se moulaient parfaitement aux siennes, faites de muscles durs et puissants, que les vêtements camouflaient, mais que j'avais entrevus à Avignon et qui avaient réveillé en moi un monstre de luxure.

Ce fut court, mais d'une intensité bouleversante. Échevelés, haletants, à moitié dévêtus et gémissants, nous nous accrochions l'un à l'autre, les lèvres soudées en un baiser ardent et frémissant.

La réalité nous rattrapa brusquement sous la forme de bruits de voix qui se rapprochaient de notre nid d'amour improvisé. Nous nous sommes séparés à regret, avons rajusté nos vêtements et nos cheveux à la hâte, et sommes sortis de notre retraite dès que les randonneurs eurent disparu derrière une courbe.

Sonia et Simon nous attendaient sagement sur un banc. Ils nous firent de grands gestes de bienvenue de loin.

— Ça vous en a pris du temps, dites donc ! s'exclama Simon dès que nous fûmes à portée de voix, ce qui me confirma qu'il était inquiet.

— Un randonneur a fait éclater un pneu et j'ai dû l'aider à le réparer, répondit Philippe d'un ton parfaitement naturel.

— Tu as des brindilles dans les cheveux, me fit remarquer Simon avec une lueur de suspicion qui s'affermissait.

— Je me suis étendue dans l'herbe en attendant que Philippe ait terminé, répondis-je tout aussi naturellement.

J'étais sidérée et profondément honteuse de constater avec quelle facilité nous avions trompé, dissimulé et manipulé sans même nous être consultés préalablement.

Nous n'avions pas parlé non plus de nos conjoints ni de l'avenir, et je réalisai soudainement avec un choc que nous n'aurions vraisemblablement plus l'occasion de le faire, puisque le lendemain était le dernier jour de notre voyage.

CHAPITRE 37

Pour notre dernier jour, nous étions partis en bus pour aller visiter le Mont-Saint-Michel, la merveille de l'Occident, comme on l'appelait. Perchés sur son îlot rocheux isolé, le mont et son abbaye semblaient tout droit sortis de l'imagination. C'était le plus célèbre des lieux de pèlerinage depuis le Moyen Âge, et les marées y étaient impressionnantes.

Après la visite guidée, nous parcourûmes les rues du village et achetâmes des souvenirs et des cadeaux.

À un certain moment, alors que Sonia et Simon étaient occupés à choisir un présent pour leur mère respective, je sentis Philippe glisser sa main dans la mienne. Pendant quelques instants, seul le contact de ses doigts attira mon attention, puis je constatai qu'il avait glissé un objet au creux de ma paume. Discrètement, j'y jetai un œil et je découvris un galet sur lequel était sculpté grossièrement le Mont-Saint-Michel.

— Pour que tu penses à moi, là-bas, dans ton pays.

Il avait chuchoté, mais j'avais quand même perçu l'émotion contenue dans sa voix.

— Ce n'est pas une pierre ancienne qui a accumulé l'énergie de nos ancêtres, mais peut-être y sentiras-tu mon empreinte.

J'entrelaçai mes doigts avec les siens, avec la roche coincée entre eux, et j'appuyai très fort, jusqu'à sentir une douleur sourdre dans ma paume.

Je l'aimais et il m'aimait, mais l'euphorie que nous avions ressentie la veille en découvrant que nos sentiments étaient réciproques et qui nous avait poussés dans les bras l'un de l'autre avait disparu pour ne laisser dans son sillage qu'un désespoir profond à l'idée de devoir renoncer si vite à sa présence. Quel avenir avions-nous ? Comment cet amour pourrait-il croître ? Étais-je prête à tourner le dos à vingt ans de ma vie pour cette passion insensée, passion à laquelle je n'avais jamais cru, de surcroît ? Et son mariage à lui, qu'en était-il ? Serait-il prêt à tout abandonner pour une femme rencontrée trois semaines auparavant ?

Notre silence était plus éloquent que toutes les paroles du monde. Les mêmes questions l'assaillaient, j'en étais convaincue.

— Delphine, je crois qu'un objet religieux ferait plaisir à ma mère, me dit Simon en surgissant près de moi. Qu'en dis-tu ?

Je glissai subrepticement le galet dans ma poche et me retournai vers mon mari, un sourire aux lèvres.

— C'est ce qu'elle appréciera le plus, tu as raison. Tu veux que je t'aide à choisir ?

Pendant que nous examinions l'inventaire avec Sonia, qui avait décidé d'acheter la même chose que nous à sa mère, Simon s'exclama devant un médaillon de la Vierge.

— Ma parole, mais elle te ressemble, Delphine. Regarde.
— Je n'ai rien d'une sainte, c'est grotesque !
— Non, c'est vrai, reprit Sonia. On pourrait penser que tu as servi de modèle. Philippe, viens voir.

Sonia brandissait le portrait miniature avec émerveillement, comme si elle avait découvert le Saint-Graal. Je me penchai sur l'image et l'étudiai minutieusement. Surprise, je constatai qu'ils avaient raison. Évidemment, je n'avais pas l'air extatique de la Vierge, et mes cheveux étaient moins longs, mais la ressemblance était néanmoins évidente. Simon voulait à tout prix acheter cet objet à sa mère, mais je m'y opposai vigoureusement. J'étais persuadée qu'elle trouverait cela de mauvais goût, la Vierge représentant pour elle une figure religieuse qui n'avait rien à voir avec sa belle-fille, bien qu'elle m'aimât sans contredit. Il en convint et porta son choix sur une icône représentant la dernière Cène.

Lorsque Sonia lui avait montré le médaillon, Philippe avait admis la ressemblance, mais sans plus. Toutefois, au moment où je m'apprêtais à rejoindre les deux autres qui étaient déjà dehors, je le vis payer et empocher la miniature. Nos regards se croisèrent, complices. Lui aussi aurait son souvenir secret.

CHAPITRE 38

D'un commun accord, nous décidâmes de dîner près de notre hôtel. Simon et moi devions regagner notre chambre assez tôt, les bagages requérant notre attention sans plus de délai.

Nous venions de nous installer à une table, quand Rachel, la sœur de Sonia, l'appela sur son portable. Le brouhaha de la salle la força à sortir sur le trottoir pour mieux entendre et, juste à ce moment-là, Simon, par inadvertance, renversa une partie de son verre de vin sur lui.

— Bon sang, que je suis maladroit ! Je vais devoir aller me changer. Heureusement que l'hôtel est tout à côté. Excusez-moi, je vais faire vite.

J'avais tellement espéré me retrouver seule à nouveau avec Philippe que, sur le moment, je n'ai pas réalisé que nous l'étions. Ce fut lui qui réagit le premier.

— Delphine, qu'allons-nous faire ? Je ne peux pas croire que tout va se terminer demain matin, comme ça, d'un claquement dc doigts, et que nous reprendrons le fil de nos vies comme si rien ne s'était passé.

— Je ne sais pas où j'en suis, Philippe. Simon et moi, nous traversons une crise, et ce voyage devait être une sorte de renouement conjugal, mais rien de ce que j'avais souhaité n'est arrivé. Au contraire, tu es venu bouleverser toutes mes convictions.

— Avec Sonia, tout va bien, mais mon amour pour elle s'est émoussé avec le temps. Je la considère plus comme une amie très chère, surtout maintenant que je t'ai tenue dans mes bras.

— Nous ne nous connaissons pas, Philippe, nous ne pouvons pas leur tourner le dos comme ça, du jour au lendemain, sans être sûrs que notre amour résistera au temps.

— Tu veux donc essayer de recoller les morceaux entre toi et Simon ?

— Je ne sais pas. Je ne peux tout de même pas prendre une décision si importante sur un coup de tête. Quitterais-tu Sonia dès demain, toi ?

— Tout ce que je sais, c'est que je ne veux pas renoncer à toi, j'en suis incapable.

— Moi non plus, mais je dois mettre de l'ordre dans ma tête. Je viens tout juste de comprendre que mes problèmes avec Simon découlent d'événements de mon enfance. Il faut que je règle tout ça avant de décider de mon avenir.

— Pourrons-nous au moins nous écrire ?

— Je te donne l'adresse courriel de mon bureau, ce sera plus sûr.

— Je n'ai pas de bureau fixe. Tu n'auras qu'à attendre que je te contacte et tu me répondras rapidement. Ensuite, j'effacerai toutes les traces.

Nous n'eûmes que le temps de dissimuler nos serviettes en papier griffonnées avant que Sonia ne revienne, bientôt suivie de Simon.

CHAPITRE 39

Comment pouvais-je regarder Simon et Sonia en face ? Simon que je continuais à aimer malgré tout, et Sonia dont je me disais l'amie et que je trompais de la pire des façons ? Elle aussi, je l'aimais, pourtant, Dieu m'en était témoin.

Dieu ? Depuis quand je L'appelais à mon secours ? Depuis quand je Le nommais par son nom ? N'était-ce pas plutôt Lucifer qui me guidait, qui me hantait ?

J'étais couchée près de Simon, le plus loin possible de la chaleur de son corps. Pour une fois, je n'étais pas pressée de me lever. Pourtant, j'aurais dû fuir sa proximité, mais je me sentais incapable de bouger. Tant que j'étais allongée, je pouvais lui tourner le dos et feindre le sommeil. Une fois debout, je serais bien obligée de lui faire face à un moment ou à un autre.

Je le sentais émerger lentement, s'étirer et bâiller, et mon cerveau me criait de me lever, mais mes membres étaient paralysés. Puis, je le sentis se déplacer pour venir se coller contre mon dos. Sa main gauche emprisonna mon sein et le massa doucement. Je ne voulais pas de cette intrusion, je ne voulais pas de cette douceur, je ne voulais pas de ce désir trop sage, mais je n'avais jamais refusé les avances de mon mari et je ne pouvais pas me permettre de le faire maintenant. Je me retournai lentement vers lui et refermai mes bras autour de son corps mince qui ne m'inspirait plus rien. Mais il n'alla pas plus loin, se contentant de me serrer contre lui.

— Simon...
— Chut ! Je voulais juste te réconforter un peu. Ils vont nous manquer, n'est-ce pas ?

Un sanglot s'échappa de ma gorge. Tant de sollicitude, tant de gentillesse, alors que je le trompais sans vergogne, que je lui mentais odieusement et que je bafouais son orgueil. Je brûlais de lui avouer mes fautes, mais je choisis lâchement le silence.

Une heure plus tard, nous nous retrouvâmes tous les quatre devant un expresso ; personne ne songeait à manger. Sonia pleurait sans honte, et moi... Il m'était impossible de me laisser aller. Si je l'avais fait, je me serais précipitée sur Philippe et l'aurais supplié de me garder. Tout mon visage était douloureux, tellement je serrais les mâchoires pour ne pas hurler. Mes membres étaient tout aussi raidis par la concentration.

Simon s'était retranché derrière son air professionnel de psychiatre, ce qu'il faisait quand il ne voulait pas perdre la maîtrise d'une situation. Quant à Philippe... Je voyais ses mains trembler, et sa pomme d'Adam était sans cesse en mouvement, comme s'il ravalait ses larmes avant qu'elles ne coulent.

Nous avions laissé nos bagages à la réception, et Simon avait demandé qu'un taxi vienne nous prendre. Il était maintenant devant la porte, et le chauffeur plaçait nos valises dans le coffre. Sonia se jeta dans mes bras en sanglotant.

— Nous nous écrirons, nous nous téléphonerons, nous irons vous rendre visite et vous reviendrez. Ce n'est pas fini, merde !

Les deux hommes s'étreignaient aussi, à la manière masculine, en se tenant par les épaules.

— Tu as été formidable, Philippe. Tout a été parfait du début à la fin. Nous vous rendrons la pareille un jour, c'est une promesse.

Pourrions-nous tenir cette promesse ? Mon avenir était tellement incertain qu'un vertige me saisit, comme si j'étais devant un gouffre. Je ne pouvais pas sauter, quand bien même ma vie serait en jeu.

Sonia se précipita vers Simon, qui dut se pencher pour l'enlacer. Il ne restait plus que nous deux. Nos regards se croisèrent enfin, et le barrage que je retenais à grand-peine céda. Les larmes inondèrent mes joues. Je me retrouvai contre lui et je sentis ses bras m'enserrer étroitement jusqu'à me faire perdre la respiration. Il prit mon visage à deux mains, et je crus, l'espace d'un fol instant, qu'il allait m'embrasser, là, au vu et au su de tout le monde, mais il posa sa bouche brûlante sur mon front, puis se détacha de moi brusquement, me laissant avec un trou béant à la place du cœur.

Je ne sais comment je me retrouvai assise dans l'avion qui nous ramenait au Québec. Je me rappelais Simon qui me poussait dans le taxi, mais je n'avais pas souvenance d'en être descendue. Je me souvenais qu'on avait fouillé mes valises, mais pas d'être montée dans l'appareil.

Le passé et le quotidien se mélangeaient, je passais de l'un à l'autre sans transition. Je savais qu'il en serait ainsi tant que je n'aurais pas trié mes sentiments, puisque mon cœur était resté là-bas. Mon corps continuerait à vivre, je reprendrais ma routine de toujours, pour un moment, du moins ; je retrouverais ma maison, mon fils, mon travail, je continuerais de dormir près de mon mari, je rirais encore, je serais même peut-être heureuse, mais, *moi*, je n'y serais plus. Je parle de ce moi nouveau que j'avais découvert, ce moi qui m'effrayait parce qu'il était si différent de l'ancien. Ce moi qui respirait, qui bougeait, qui existait pleinement, tellement mieux qu'avant.

Je suis partie en voyage et je ne suis jamais revenue…

CHAPITRE 40

J'avais tout de même retrouvé mes marques avec plaisir. Vivre pendant trois semaines dans les valises, sans beaucoup de possibilités de lessive, en passant d'un matelas pas toujours confortable à un autre, nous fait apprécier sans contredit notre chez-soi.

Il me restait une semaine de vacances pour me remettre, autant physiquement que moralement, mais Simon dut reprendre le travail dès le lendemain, certains de ses patients ne pouvant plus attendre. Je restai donc seule, mais pas pour longtemps. David me fit la surprise de débarquer à l'improviste pour un week-end prolongé. Dieu que j'étais heureuse de le retrouver ! Il représentait mon point d'ancrage, le seul survivant de ce qui avait été ma vie jusque-là.

David n'habitait plus avec nous depuis un an. Il étudiait à Montréal pour être dentiste, où il partageait un appartement avec un autre étudiant comme lui. J'avais espéré qu'il reviendrait travailler près de chez nous durant l'été, mais sa vie était dorénavant là-bas. Il fréquentait une fille originaire de notre région, qui étudiait dans la même université que lui. Ayant perdu leur colocataire d'une façon inattendue, presque en même temps, ils s'étaient rapidement installés ensemble, et ce qui avait commencé en amitié s'était peu à peu transformé en amour.

Au moment où il m'avait annoncé officiellement qu'il était en couple, j'avais mal pris la chose tout en cachant cette réaction dont j'avais honte. Allais-je devenir le genre de belle-mère possessive si souvent caricaturée à la télévision ? Je m'y refusais énergiquement, mais une autre blessure était apparue dans le secret de mon cœur. Lorsqu'il était parti de la maison, je m'étais consolée en imaginant de nombreuses visites au bercail et de longues semaines estivales où je pourrais me gaver de sa présence, mais voilà qu'une autre femme me reléguait au second plan. Naturellement, dès que j'avais fait la connaissance de Karine, ces sentiments négatifs avaient disparu, mais j'aimais qu'il vienne parfois sans elle pour l'avoir tout à moi, comme c'était le cas cette fois-là.

Finalement, cette semaine de vacances supplémentaire que j'avais gardée pour me reposer de mon voyage ne se révélait pas du tout une bonne idée. Je tournais en rond, en proie à mille questionnements auxquels je ne trouvais pas de réponse. Je n'étais séparée de Philippe que depuis trois jours et déjà je me demandais comment je pourrais survivre. Quand pourrions-nous nous revoir ? Comment pourrions-nous procéder ? Est-ce que nous ne devrions pas essayer d'oublier ? Notre amour, aussi fort fût-il, ne s'effriterait-il pas avec le temps, ne pâlirait-il pas comme une étoffe exposée trop longtemps au soleil pour finir par s'éteindre doucement par manque de combustible ? Qu'avions-nous partagé, au bout du compte ? Des empreintes éphémères sur les pierres que nous avions caressées ensemble et une étreinte passionnée, mais combien fugace, dans les fougères d'un sous-bois trop près d'un sentier.

J'avais pris conscience au cours de ce voyage des problèmes que mon enfance peu traditionnelle avait pu engendrer en moi et je restais persuadée que je devais retrouver la paix de mon esprit avant de prendre une décision face à mon avenir, tel que je l'avais dit à Philippe, mais je ne savais pas par où commencer. Philippe brouillait les cartes. Le manque de lui était si lancinant que je n'avais qu'une envie : tout abandonner et courir vers lui, mais, en même temps, je savais que ce n'était pas la chose à faire. Cette femme que j'avais gardée cachée pendant plus de vingt ans au fond de moi et que je venais de découvrir me faisait peur. Il me fallait l'apprivoiser, comprendre ses désirs, accepter ses différences, admettre sa fougue et, surtout, trouver en elle la force de pardonner à ses parents de n'avoir pas su lui donner l'envie de s'aimer telle qu'elle était.

Dans les circonstances, comment aurais-je pu décider de mon avenir ? Je ne savais même pas qui je deviendrais après le tsunami que je m'apprêtais à déclencher. Serais-je totalement libre d'entamer une existence selon les goûts de cette nouvelle femme, ou resterais-je engluée dans un mélange de deux personnalités luttant pour leur suprématie dans un désordre démoralisant pour tous ?

CHAPITRE 41

Pendant ce temps-là, en France...

— Philippe, où vas-tu ? geignit Sonia en tendant une main par-dessus les couvertures pour le retenir.

— Je vais aller m'entraîner

— Il n'est que six heures, viens te recoucher.

— Je ne tiens plus en place. Rendors-toi.

— Et si on faisait nos exercices ensemble, ici, dans notre lit ?

— Pas ce matin, Sonia.

— Si ça continue comme ça, je pourrai être canonisée. J'ai entendu dire que c'est possible après un mois sans sexe.

— Ne crois pas tout ce qu'on raconte.

— Bon, d'accord. Il ne me reste plus qu'à prendre un amant.

— À tout à l'heure !

Philippe referma la porte de la chambre derrière lui et, après quelques ablutions sommaires, il s'empressa de sortir pour son jogging matinal dans les rues tranquilles. Il s'en voulait d'avoir agi aussi cavalièrement avec Sonia en l'abandonnant alors qu'elle avait besoin de sa chaleur. Il aurait dû aussi protester contre sa déclaration de vouloir prendre un amant, mais il en avait été incapable, comme il avait été incapable d'accepter son offre de faire l'amour.

Lorsqu'il parvint au centre sportif où poids et haltères l'attendaient, il était déjà en nage. Néanmoins, sa fébrilité n'avait pas disparu. C'était ainsi depuis le départ de Delphine. Il ne parvenait pas à reprendre le fil de sa vie. Normalement, il aurait dû accepter quelques contrats supplémentaires de guide touristique avant le début des classes, mais le site où on avait voulu l'affecter était le château de Chambord et il ne s'était pas résigné à y retourner. C'était là qu'il avait rencontré Delphine, et l'endroit serait peuplé de souvenirs doux-amers, comme tant d'autres, d'ailleurs.

Il avait réellement eu un coup de foudre, ce jour-là. Il l'avait regardée glisser sa main sur les pierres usées et ça avait été comme si elle l'avait caressé. Pendant un bref instant, le décor s'était effacé, les gens avaient disparu et les bruits s'étaient tus. Les paumes appuyées sur une fresque délavée, elle avait fermé les yeux et il avait littéralement vu ce qu'elle ressentait. Il avait alors compris avec ivresse qu'elle possédait le même don que lui, celui de lire le passé et d'entrevoir ce qui avait été. Cela allait plus loin que le rêve ou l'imagination, mais il avait toujours hésité à prononcer le mot réincarnation. Jusqu'à ce qu'il ait rencontré Delphine. Il la sentait tellement liée à sa chair qu'il avait l'impression de l'avoir toujours connue.

Comment ne pouvait-il pas croire à la réincarnation et aux fantômes ? Il baignait dans l'histoire depuis le berceau. Il se souvenait encore des longues heures pendant lesquelles son grand-père, qui était également historien, lui avait enseigné, déjà à trois ans, à différencier les époques et les ascendances royales. Après quelques errements, lorsqu'il avait décidé de suivre ses traces, son grand-père avait pleuré de joie.

En voyant Delphine pour la première fois, il avait compris qu'elle était son âme sœur. Une âme ne vivait-elle pas éternellement et, par le fait même, ne pouvait-elle pas traverser les siècles ?

Lorsqu'il avait fait la connaissance de Sonia, il venait de rompre avec son premier amour, une fille qu'il avait connue à l'adolescence et dont l'esprit libre l'avait séduit, mais il avait vite compris qu'elle usait un peu trop largement de cette liberté avec ses copains. Elle lui jurait que c'était lui qu'elle aimait et il s'était accroché jusqu'à ce qu'il découvre qu'elle se faisait payer pour ses faveurs.

En comparaison, Sonia lui était apparue comme un ange de pureté. Sa candeur et sa franchise étaient si rafraîchissantes, si reposantes, qu'il s'était embarqué dans cette nouvelle relation sans trop réfléchir. Après coup, il avait réalisé que c'était surtout le fait de savoir qu'elle l'aimait plus que lui qui avait été déterminant. Il se vengeait ainsi d'avoir été trop longtemps celui qui dépendait de l'autre.

Sonia était naïve, certes, mais l'intuition ne lui faisait pas défaut pour autant. Il l'avait trompée, une fois, avant la naissance de Charles, et elle l'avait senti. Pourtant, ça n'avait été qu'une aventure d'un soir, une expérience sexuelle même pas satisfaisante, sans qu'aucune suite ne puisse être envisagée puisque la femme n'était que de passage. Encore aujourd'hui, il demeurait convaincu que cela n'avait pas paru dans son attitude. Comment Sonia avait-elle deviné, cela restait un mystère pour Philippe. Elle lui avait pardonné et n'y avait plus jamais fait allusion. Il savait toutefois qu'elle en avait été blessée profondément et il s'en était sincèrement voulu.

Cette fois-ci, cependant, tout son comportement était différent, et Sonia ne pourrait pas éternellement l'ignorer. Que ferait-il si elle le confrontait ? Les doutes et les hésitations de Delphine avaient voilé, malgré lui, ses certitudes. Qu'est-ce que le temps leur réservait ?

CHAPITRE 42

Delphine, mon amour, je rêve de toi toutes les nuits et, lorsque je me réveille, ton image ne s'évanouit pas, de sorte que tu es dans mes pensées chaque seconde de cette vie qui s'étire interminablement loin de toi. Est-ce que c'est pareil pour toi ? Est-ce que tu comptes les jours, toi aussi, comme un prisonnier qui attend sa libération ?

J'ai peur du temps qui passe. Lorsqu'on affirme que le temps arrange les choses, est-ce que ça ne dépend pas du point de vue où on se place ? Qui gagnera à la loterie ? Qui perdra ? Car il y a toujours un gagnant et un perdant...

On dit aussi que le temps apporte l'oubli... L'oubli de quoi, de qui ? Toi seule as la réponse. Mon bonheur et mon malheur dépendent de toi, comme le bonheur ou le malheur de Sonia dépendent de moi. Je ne me résigne pas à la faire souffrir. Est-ce que j'ai tort ? Est-ce que je suis faible ? Le fait est que tu avais raison quand tu disais qu'on ne peut pas tourner le dos à des années de mariage somme toute heureux, sans peser toutes les conséquences, même si cela me fait mal de l'admettre. Je voudrais que la passion que tu m'inspires fasse disparaître tout ce qui n'est pas nous, mais nous ne sommes malheureusement pas seuls au monde.

Je t'aime, de cela je n'ai aucun doute. Je t'embrasse,

Philippe

*

Cher Philippe, que puis-je répondre à tes questions ? Toi seul peux savoir ce que tu désires. Ce que tu décideras ne devra dépendre que de toi. La dernière chose que je veux, c'est que tu calques ta décision sur la mienne. Je ne sais même plus qui je suis. Comment pourrais-je savoir ce qui sera bon pour moi ? Tu comprends bien, alors, que je ne peux pas te servir de modèle. Je t'aime, mais qu'est-ce que l'amour, au fond ? J'ai toujours cru que ce que je vivais avec Simon était le véritable amour et pourtant, cela n'a rien à voir avec ce que j'ai vécu avec toi en si peu de temps. Lequel est le vrai sentiment ? Lequel est le plus durable ? Lequel me rendra le plus heureuse ? Lorsque je suis près de toi, je perds tous mes repères et je ne demande qu'à plonger dans ce tourbillon que tu crées autour de moi, mais ces quelques semaines loin de toi me replongent dans le doute.

Mais je t'aime, peu importe de quelle façon.

Delphine

CHAPITRE 43

J'avais toujours su que ma mère était alcoolique, mais, ce que j'avais occulté pendant toutes ces années, c'était qu'elle était également bipolaire. Lorsque j'avais atteint l'adolescence, ma colère et ma honte étaient si profondes, si bien ancrées dans mes tripes, que je rejetais d'emblée tout ce qui aurait pu expliquer ses écarts de conduite par un autre motif que sa dépendance à l'alcool. Elle était coupable, point à la ligne. Coupable d'être tombée enceinte à dix-sept ans, coupable de ne pas s'être protégée sexuellement, coupable d'avoir laissé mon père nous quitter, coupable de l'avoir détesté, coupable de s'être mise à boire, coupable de m'avoir négligée, coupable de m'avoir donné de l'espoir chaque fois qu'elle me présentait un beau-père, coupable, coupable, coupable... Le juge dans ma tête abattait son marteau sur un rythme continu et de plus en plus fort à mesure que j'avançais en âge.

Après la mort de ma mère, ma grand-mère avait trouvé les flacons de pilules qu'elle devait avaler pour stabiliser ses humeurs, mais les effets de l'alcool devaient lui faire oublier souvent de les prendre, car plusieurs de ces médicaments étaient expirés, et les contenants, presque intacts. Mamie avait tenté de me faire comprendre que cette maladie était difficile à traiter, mais, à quatorze ans, je n'étais déjà plus en mesure de pardonner et j'avais relégué cette information dans mon subconscient.

C'est dans un rêve qu'elle refit surface. Mamie m'y était apparue. Elle tentait de me faire avaler les cachets qu'elle avait trouvés dans la table de chevet de ma mère, affirmant que sa maladie était héréditaire et que je retarderais les symptômes en les prenant en prévention. Je m'éveillai en sursaut, en sueur, et le cœur battant à tout rompre.

Je savais pourquoi j'avais rêvé à cela. La veille, Simon m'avait parlé d'un collègue dont le fils avait été diagnostiqué bipolaire, et mon esprit avait profité de l'occasion pour déterrer le passé, ce passé qui me hantait depuis mon retour de voyage et que je cherchais à comprendre. Une foule de souvenirs m'assaillit alors. Une fête d'anniversaire, entre autres, où maman s'était immiscée dans nos jeux de petites filles, alors qu'elle m'avait promis de rester à l'écart ; je l'avais regardée sauter à la corde avec mes amies et se mêler à la course au trésor que j'avais moi-même organisée. Je l'avais détestée parce que mes copines ne réalisaient même pas que je ne participais plus à la fête. Maman était cool, elle était drôle et amusante, et j'étais chanceuse de l'avoir comme mère. C'était toujours ce qu'on disait d'elle, mais moi, j'en avais honte parce que, quand elle n'était pas ivre, elle était tout le contraire. À cette fête, cependant, quand tout le monde avait été parti, je lui avais reproché d'avoir encore une fois trop bu et elle m'avait juré que non. En voyant que je ne la croyais pas, elle m'avait soufflé son haleine au visage et je me rappelais avoir été surprise de n'y sentir que des effluves de chocolat et de jus de fruits, mais je n'avais pas voulu en démordre devant elle et elle avait pleuré. Lorsqu'elle s'était couchée ce soir-là, elle était véritablement ivre et j'avais méchamment pensé : « Je le savais que j'avais raison ! »

Il y avait d'autres exemples de ce genre et je comprenais aujourd'hui que j'avais été trop sévère envers elle, que je l'avais souvent mal jugée.

Les semaines passaient et se changeaient en mois, pendant que je classais mes souvenirs en deux tas, les mauvais et les moins mauvais. Ensuite, il y eut les mauvais et les bons et, pour finir, il ne resta que les bons et les moins bons. J'avais enfin pardonné à ma mère.

Il ne restait qu'à me pardonner à moi-même, car avec cette prise de conscience venaient les regrets. Étrangement, Simon m'était d'un grand secours et d'un grand réconfort pendant cette période. Ce n'était pas si étrange à bien y penser. N'était-il pas psychiatre, après tout ? Nous avions de longues discussions sur le sujet et cela nous rapprochait l'un de l'autre, me faisant découvrir un côté de lui que je n'avais jamais vraiment pu apprécier puisqu'il le réservait à sa pratique professionnelle. Certes, je lui reprochais assez souvent de se conduire en psychiatre avec moi, mais ce n'était qu'un bref aperçu de ce qu'il accomplissait dans le secret de son bureau.

J'avais toujours su qu'il était très apprécié et que le succès de la clinique était dû en grande partie à l'excellence de son approche psychologique, mais c'était seulement maintenant que j'en constatais toute l'ampleur.

Non, je ne pouvais pas le quitter maintenant. Pas seulement parce que j'y trouvais mon compte, mais parce que, plus j'avançais dans mon cheminement de guérison, plus mes sentiments étaient brouillés.

En effet, les regrets que j'éprouvais devant le fait que je n'avais pas aimé ma mère comme elle l'aurait mérité m'atteignaient beaucoup plus profondément que je n'aurais pu l'imaginer. J'aurais voulu refaire l'histoire, mais, évidemment, il était beaucoup trop tard. Ma logique d'adulte avait beau savoir qu'il était vain de se lamenter sur ce qui aurait pu être, c'était mon cœur d'enfant qui pleurait et qui saignait, avec l'illogisme de la jeunesse.

Simon et sa bienveillance venaient aussi m'embrouiller l'esprit. Il était si tendre, si présent, si compréhensif, que j'avais parfois l'impression de retomber amoureuse de lui. Cela n'avait rien à voir avec la passion que m'inspirait Philippe, mais qui me disait que ce genre de sentiment pourrait un jour se transformer en quelque chose de plus profond, de plus mûr ? Avec Simon, je pouvais me permettre de me montrer sous n'importe quel jour, comme seuls les vieux couples peuvent le faire. Est-ce que je me serais permis de pleurer, de renifler, de gueuler, de cracher ma colère et ma peine à la face de Philippe, comme je le faisais avec Simon durant cette période de remise en question ?

Au début, les messages entre Philippe et moi se succédaient à un rythme intense ; il ne se passait guère de jour sans que nous nous écrivions. Je rêvais de lui, de son corps massif que j'avais tenu une seule fois dans mes bras, de ses baisers brûlants qui suffisaient à me soumettre, mais j'y croyais de moins en moins. Le temps et la distance faisaient lentement, mais sûrement, leur œuvre vers l'oubli.

Plus le temps passait, moins nous étions assidus. Peu à peu, nos déclarations d'amour se firent plus sages jusqu'à ne plus se résumer que par un « je t'aime » soufflé à la fin, un peu comme une lettre officielle qu'on termine par la phrase de circonstance : « Veuillez agréer l'expression de… »

Lorsque je songeais à l'unique fois où nous nous étions aimés, j'avais l'impression d'avoir rêvé cet épisode. Je tentais de me rappeler sur quoi nous avions basé cet amour insensé, et tout me paraissait irréel et sans consistance. Avais-je vraiment communié avec les pierres ? M'étais-je vraiment laissé entraîner dans le passé jusqu'à sentir des frôlements sur ma peau ? M'étais-je réellement laissé emporter par une passion débridée sur un tapis de fougères ?

L'ancienne Delphine, sans aucune imagination et dénuée de la plus infime fantaisie, refaisait surface en repoussant la nouvelle qui était capable d'éprouver toute une gamme d'émotions plus grandes que nature. J'avais craint ce moi nouveau, mais je l'avais aimé aussi et je souffrais de le voir disparaître petit à petit. De me lever, d'aller travailler, de faire bonne figure malgré la tempête qui faisait rage en moi et qui grugeait tout mon courage ne me laissait pas assez d'énergie pour lutter contre cette perte.

CHAPITRE 44

Delphine, mon amour, je ne sais plus si j'ai le droit de t'appeler ainsi. Trois mois déjà que nous sommes séparés, trois longs mois où j'ai attendu un signe, un encouragement, trois mois pendant lesquels l'espoir s'est émoussé jusqu'à ne plus devenir qu'une poussière qu'on pourrait balayer d'une chiquenaude. Lorsque nous avons échangé nos serments, j'étais conscient des difficultés qui nous attendaient, mais jamais je n'aurais pensé que notre éloignement aurait des conséquences aussi désastreuses. L'amour que je t'ai dit éprouver était assez fort pour résister à l'absence, ai-je cru, et j'y crois encore malgré tout, mais est-ce que c'était pareil pour toi ? Je fais souvent un rêve où je cours, je cours, je cours pour te rattraper, mais, chaque fois que je parviens presque à te toucher, tu t'évanouis.

Le médaillon de la vierge ne me quitte jamais ; j'y contemple ton beau visage adoré tous les jours. Dieu m'est témoin que je n'ai pas voulu cela, mais je ne peux pas renoncer à toi, à moins que tu ne me le demandes. Si je te fais du mal, si tu ne peux plus ou ne veux plus poursuivre notre correspondance, si notre amour devient un fardeau pour toi, je me résignerai, mais ce sera pour cette seule raison.

Je t'embrasse passionnément,

Philippe

*

Philippe, je ne sais pas si je dois dire déjà trois mois ou seulement trois mois. Je me demande si tout ça n'était qu'un rêve, un beau rêve. Nous ne savons pratiquement rien l'un de l'autre. Qu'est-ce que nous attendons ? Qu'est-ce que nous espérons ? Combien de temps allons-nous entretenir cette relation qui n'en est pas une ? Nous ne nous connaissons pas. Comment pouvons-nous dire que nous nous aimons ?

Tu as passé ces longs mois à m'attendre, je les ai passés à me reconstruire. Celle que tu as connue m'est étrangère, loin de toi, je ne la retrouve plus. Elle reprend vie seulement durant les courts instants où je lis tes messages. Je dis elle et je dans la même phrase, cela doit te sembler bizarre, mais mon quotidien est désormais sous le sceau de l'étrangeté.

Si tu désires mettre fin à tout cela, je ne m'y

opposerai pas. Est-ce que je t'aime ? Je ne sais pas, je ne sais plus, mais je suis incapable de renoncer de moi-même à ce rêve, ce beau rêve que tu m'as fait vivre et dans lequel je me sens tellement vivante.

Je t'aime, malgré tout…

Delphine

CHAPITRE 45

Noël fut à nos portes sans que je le voie vraiment venir. Je me ruai dans les préparatifs à la dernière minute, et l'urgence de la situation me fit momentanément oublier mes désordres émotionnels.

Néanmoins, dès que l'effervescence fut retombée après le Nouvel An, je me retrouvai encore plus déprimée qu'avant. David et Karine repartis, je n'avais plus la force de reprendre ma routine quotidienne. J'en avais des nausées à longueur de jour. Simon s'inquiétait vraiment, à tel point qu'il avait diminué ses heures de travail pour être à la maison tous les soirs à une heure raisonnable.

Un jour de janvier, je revins du travail à dix-sept heures, comme d'habitude, et j'eus la surprise de voir son auto dans la cour. Je pensai tout de suite qu'il y avait un problème et je m'empressai de l'appeler dès que j'eus franchi le seuil.

— Simon ? Pourquoi es-tu à la maison si tôt ?

Il vint m'accueillir affublé d'un tablier de cuisine, les mains enfouies dans des maniques et un grand sourire aux lèvres.

— Je suis aux fourneaux, comme tu peux le constater. Viens me rejoindre à la cuisine, il y a un verre de vin qui t'attend.

— Mais qu'est-ce qui te prend ? Je ne t'ai vu cuisiner que très rarement.

— Je me doutais bien que tu l'aurais oublié. C'est notre anniversaire de mariage, aujourd'hui, ma chérie.

— Ah oui ? Tu as raison. Excuse-moi, j'ai effectivement oublié cette date. Ça ne m'est jamais arrivé, je ne comprends pas.

— Bah ! Tu n'es pas vraiment dans ton assiette, en ce moment. En plus, comme ça m'est arrivé à quelques reprises, j'aurais mauvaise grâce de t'en vouloir.

— Quand même, je me sens mal. Est-ce que je peux t'aider à préparer quelque chose ?

— Non, c'est presque prêt. Assieds-toi et bois ton vin. Regarde sur la table, tu vois l'enveloppe ? Je voulais attendre au dessert pour te la donner, mais je suis trop excité. Ouvre-la tout de suite.

— Un cadeau ? On ne s'est jamais fait de cadeau à notre anniversaire de mariage. Qu'est-ce qui t'a pris ? Même si je n'avais pas oublié, je n'aurais rien eu pour toi, ce n'est pas juste.

— C'est un cadeau commun. Ouvre, tu vas voir.

— Des billets d'avion ? Un voyage au Mexique ? Il n'y a pas six mois qu'on est revenu de France. Je ne crois pas que mes finances me permettent cette folie, Simon.

— Je ne te demande rien, je paie tout.

— Tu as dit que c'était un cadeau commun...

— Dans le sens que c'est pour nous deux. J'avais

envie de te gâter un peu après tout ce que tu as traversé. Ça te fera du bien de changer un peu d'air, ne serait-ce que pour une semaine. C'est une ordonnance de ton psychiatre, si tu préfères.

— Bon, je n'ai pas le choix, on dirait. Merci, c'est une belle pensée que tu as eue. Quand as-tu l'intention de partir ?

— Quand peux-tu être prête ?

— Si vite ?

— Pourquoi attendre ?

— Laisse-moi au moins deux semaines pour tout arranger.

— Super ! Ce ne sont que des billets temporaires, je vais confirmer les réservations avec l'agent de voyages dès demain. On trinque ?

Je cognai mon verre contre le sien en souriant, mais le cœur n'y était pas. Qu'attendait-il de ce voyage ? Comme s'il avait lu dans mes pensées, il m'enlaça et m'embrassa. Depuis notre retour de France, nous n'avions plus eu aucune manifestation de ce genre et cela me prit au dépourvu. Je ne le repoussai pas, mais je n'y participai pas vraiment non plus. Il dut le sentir, car il s'éloigna très vite pour retourner à ses casseroles qui n'avaient aucunement besoin de son attention. Il faisait semblant d'être occupé pour me cacher sa déception et cela me fit de la peine. J'étais cependant incapable d'aller vers lui pour le consoler.

Il avait été là pour moi pendant les derniers mois et je lui en étais véritablement reconnaissante, mais, si mes sentiments pour lui étaient sincères, il n'y entrait plus de désirs amoureux. J'avais un peu cru pendant un moment qu'il serait possible de les ressusciter, mais le temps avait fini par me convaincre qu'il n'en serait rien. Son baiser m'avait ouvert les yeux. J'étais prête à faire ce voyage avec lui, mais il ne devait rien en attendre.

CHAPITRE 46

Pendant ce temps-là, en France...

— Sonia, qu'est-ce que tu dirais d'aller passer une semaine au Mexique ?

— Je dirais oui, si tu me promets qu'on va faire exclusivement de la plage.

— C'est ce que j'avais en tête.

— Pas de visite de sites incas ou de je-ne-sais-quoi d'historique au programme ?

— On fera ce que tu voudras.

— Ce que je veux surtout, c'est me reposer.

— Pourquoi ne consultes-tu pas ? Ce n'est pas dans tes habitudes d'être tout le temps fatiguée.

— C'est sans doute un début d'anémie. Quelques vitamines, un peu de repos et tout rentrera dans l'ordre. Ah ! j'oubliais... Un petit câlin de temps en temps de la part de mon mari ne ferait pas de mal non plus.

Ils étaient assis sur le sofa devant la télé, et Philippe, à ces mots, étendit son bras pour la prendre contre lui. Elle se nicha contre son épaule en soupirant de bien-être.

— Ça va déjà mieux. Ce voyage va te profiter aussi, j'espère.

— Pourquoi ? Je suis en pleine forme.

— Physiquement, je n'en doute pas une seconde. Au rythme où tu t'entraînes, le contraire serait étonnant. Mais j'ai remarqué une chose depuis le temps qu'on est marié, c'est que tu te surentraînes ainsi quand quelque chose te ronge par en dedans. Et, si tu ne m'en parles pas, c'est que tu ne veux pas que je sache ce qui te tourmente.

Devant le silence de Philippe, Sonia se redressa et le regarda dans les yeux. Il ne pouvait plus reculer. Il ouvrit la bouche pour parler, mais elle la lui referma en y posant sa main.

— Ne dis rien. Je ne t'ai pas posé de questions parce que je ne veux pas savoir. Je ne sais pas si je pourrai te pardonner aussi facilement une seconde fois.

Voilà, on y était. Philippe se doutait bien qu'elle avait des soupçons, mais elle n'en avait jamais fait mention jusqu'à ce jour. Il avait été faible et il détourna son regard, honteux.

— Je t'ai retenu une fois et je ne crois pas que tu aies été malheureux pendant ces années que je t'ai volées.

— Je ne regrette rien. Tu es la meilleure des compagnes.

— Je le sais, j'ai tout fait pour ça. Mais je suis fatiguée, Philippe, et pas seulement physiquement.

Si tu n'es pas parti, c'est que tu trouves encore ton compte avec moi ou que tu n'es pas encore certain de ce qui t'attend. Tu as toujours eu du mal à prendre une décision. Tu sais que ça peut être un défaut de trop raisonner avant d'agir ? En tout cas, tu peux y réfléchir tant que tu voudras, mais je veux que tu saches que je ne ferai rien pour te retenir ou te donner le goût de rester. Je suis fatiguée de ne jamais montrer mes humeurs, de me comporter comme une amuseuse de foule devant son public. Cette exubérance qu'on m'attribue m'épuise, elle ne m'est pas naturelle. Je l'ai développée à l'adolescence pour attirer la sympathie, mais, finalement, je me rends compte que cela énervait les gens.

— Pourquoi me dis-tu cela ce soir ?

— Il y a longtemps que j'y pense, mais lorsqu'on est habitué à vivre d'une certaine façon, ce n'est pas facile de changer. Je ne pensais pas que tu avais remarqué ma fatigue et cela m'a touchée. Je me suis dit que c'était le bon moment de se parler à cœur ouvert.

— Tu as eu raison.

— Tu sais qui m'a donné le goût d'être moi-même ? Delphine. Je l'ai admirée tout de suite parce que j'ai reconnu en elle des qualités morales que j'ai toujours voulu posséder. Ces derniers mois, je me suis penchée là-dessus et je crois que j'aurais pu lui ressembler si j'avais développé ma confiance en moi.

Le cœur de Philippe tambourinait dans sa poitrine. Il se sentait minable, parce que cette idée de voyage au Mexique lui était venue quand Delphine lui avait annoncé qu'elle y allait avec Simon. Il en avait été jaloux et elle l'avait mal pris. Elle avait beau lui affirmer qu'elle l'aimait, il sentait qu'elle se détachait de lui de plus en plus. Depuis des semaines, il essayait d'imaginer une façon de la revoir, car il était persuadé que lui seul avait le pouvoir de la ramener dans sa trajectoire. Sonia avait tort de penser que Delphine débordait de confiance en elle. Il s'était passé quelque chose dans son enfance qui l'avait détournée de sa vraie personnalité, celle qu'elle avait découverte en France, et elle se sentait coincée. Elle hésitait entre le confort d'un mariage qui n'apporte plus de surprise, mais qui est sécurisant, et la griserie d'un nouvel amour et d'une nouvelle vie avec tout ce que cela comporte d'incertitude et d'anxiété quant à l'avenir, et cela, sans savoir laquelle des deux personnalités est la bonne.

S'il s'arrangeait pour être du voyage, il trouverait bien une occasion d'être seul avec elle et il lui prouverait sans l'ombre d'un doute qu'ils étaient faits l'un pour l'autre.

— En parlant de Delphine, cela me fait penser qu'il y a longtemps que je ne lui ai pas téléphoné, poursuivit Sonia. Je vais lui parler de notre projet d'aller au Mexique. Qui sait ? Ils se décideront peut-être à venir avec nous.

Voilà, c'était fait, il était parvenu à ses fins. Son amour pour Delphine dépassait l'entendement et il se savait prêt à tout pour la rejoindre. Même à perdre tout respect pour lui-même.

CHAPITRE 47

Il fut vite évident que Simon n'avait pas abandonné tout espoir. Durant les jours suivants, il multiplia les marques d'affection, sans heureusement aller jusqu'à me faire des avances sexuelles. J'en étais venue à me demander si je ne devais pas trouver une raison pour annuler notre voyage, quand Sonia, qui appelait à l'occasion pour avoir des nouvelles – ce n'était jamais moi, je me serais sentie trop hypocrite –, m'annonça qu'ils avaient un projet de voyage au Mexique.

Je compris instantanément que ce n'était pas un hasard. J'avais écrit à Philippe que je serais partie pendant une semaine, lui expliquant pourquoi je n'avais pas pu refuser ce cadeau. Il s'en était montré jaloux et s'était inquiété de mes sentiments, autant envers lui qu'envers Simon. J'avais mal pris ses doutes et je lui avais rétorqué que la jalousie ne lui venait pas de droit et que, aussi longtemps que Simon serait mon mari, c'était lui seul qui avait cette prérogative. Nous nous étions laissés sur un froid et je devinais qu'il voulait me voir pour dissiper ce malentendu.

Outre le fait que leur présence enlèverait le côté

amoureux de ce voyage, la pensée de revoir Philippe me jetait dans un trouble que je n'avais plus ressenti aussi intensément depuis plusieurs semaines. Si j'avais cru que notre passion s'affaiblissait au fil du temps, je constatais qu'il n'en était rien. Je sautai donc sur l'occasion en disant à Sonia que nous partions nous aussi pour le Mexique, et nous nous entendîmes très vite pour nous retrouver là-bas.

Je n'avais même pas consulté Simon du regard. Je ne voulais pas renoncer à ce rêve inespéré de revoir Philippe dans un laps de temps relativement court. Lorsque je raccrochai, je réalisai qu'il avait quitté la pièce pour aller s'enfermer dans son bureau, ce qu'il n'avait plus fait depuis longtemps. Ce ne fut qu'au moment d'aller au lit qu'il revint sur les événements de la soirée.

— Si j'ai bien compris, il n'est plus question d'un voyage d'amoureux ?

— Je ne savais pas que c'était comme ça que tu le voyais. Tu m'as dit que c'était une ordonnance de mon psychiatre ; j'ai cru que c'était pour me faire changer d'air. Ce sont d'ailleurs tes propres paroles.

— Oui, mais c'était aussi un cadeau pour notre anniversaire de mariage. Il était donc évident que c'était pour nous deux, non ?

— Excuse-moi, mais tu aurais dû être plus clair. Je ne pensais pas que tu serais contre l'idée de revoir nos amis.

— Ce n'est pas que ça ne me fait pas plaisir de les revoir, c'est l'occasion qui n'est pas propice. Tu ne m'as même pas consulté avant de les inviter.

— Je m'excuse encore une fois. J'ai présumé que tu n'y verrais pas d'objection. Je ne peux tout de même pas leur dire que tu ne veux pas d'eux.

— Non, il est trop tard, effectivement. Je passerais pour un rabat-joie. Je suis déçu, c'est vrai, mais tout de même heureux de les retrouver.

— Tu sais, si tu m'offrais ce voyage pour me remonter le moral, ce sera certainement réussi avec eux. Tu te rappelles à quel point Sonia peut nous faire rire et comment elle peut mettre de l'ambiance dans n'importe quelle situation ? Nous sommes seuls tous les deux presque tout le temps, Simon. Je ne veux pas dire que cela m'ennuie, mais c'est de renouveau que j'ai besoin.

— Il me semble que je t'ai prouvé que je le comprenais en t'aidant dans ta démarche psychologique, mais j'avoue que ça me fait un peu peur, parfois.

— Pourquoi ?

— Et nous, dans tout cela ? Puis-je savoir où tu me situes, moi en particulier ?

— Je ne comprends pas ta question.

— Je vois venir le temps où je ne te satisferai plus. Le côté sexuel est déjà déficient entre nous, mais j'ai tout fait pour te montrer qu'il y a plus que ça dans notre relation. Tu voulais que nous parlions davantage des vraies choses, et cela fait des mois que nous le faisons. Tu disais que tu t'ennuyais, tu voulais que je sois plus présent, et je suis là tous les soirs, maintenant, ce qui est également positif pour ma santé, soit dit en passant. J'ai essayé de te surprendre pour mettre un peu de piquant dans notre routine, comme le repas que je t'ai préparé pour notre anniversaire de mariage. Je t'ai emmenée au cinéma voir un film de filles, je t'ai apporté des fleurs sans raison, j'ai pris congé un après-midi pour aller au salon de massage avec toi. As-tu réalisé les efforts que j'ai faits ? Il a fallu que j'annule mes rendez-vous à la dernière minute et que je chamboule tout mon horaire. As-tu seulement réalisé toutes les petites attentions que j'ai eues pour toi ?

J'étais littéralement consternée. Non, je n'avais pas eu conscience qu'il avait fait tant d'efforts pour me garder. Il m'avait certes écoutée dans tous mes délires, mais je n'avais rien vu d'autre. Pourtant, il disait vrai, cela me revenait à mesure qu'il parlait.

— Pardonne-moi, Simon. Je n'étais pas dans mon état normal, c'est tout ce que j'ai pour ma défense.
— Je ne t'en veux pas, non plus. Mais est-ce que tu crois que je peux espérer ?

J'aurais pu lui mentir. Je l'aimais encore, même si je n'en étais plus amoureuse. Mais j'étais sur le point de revoir Philippe, des retrouvailles que nous avions manigancées en toute connaissance de cause, et je savais que je sauterais sur la moindre occasion pour me perdre dans ses bras à nouveau. Alors, je ne pus que répondre :

— Je ne sais pas.
— Je m'en doutais. Maintenant que tu sais ce que je suis prêt à faire pour te garder, est-ce que tu peux essayer ?
— Je ne sais pas.

— Je te supplie d'essayer, Delphine. Donne-moi jusqu'à l'été. Après, si je n'ai pas réussi à te convaincre que nous pouvons encore être heureux ensemble, je te laisserai partir, si c'est ce que tu veux.

Pour la première fois depuis des mois, avec une clarté aveuglante, je savais exactement ce que je voulais : que Philippe fasse partie de ma vie, mais, avant tout, il y avait Simon. J'avais fait des erreurs impardonnables avec ma mère, des erreurs qui me hantaient encore par moments, et il n'était pas question que je me replonge encore dans les remords sans fin en ne me concentrant que sur ce qui m'arrangeait. Quelques mois n'étaient pas la fin du monde en regard, je l'espérais, de tout ce que me réservait l'avenir.

— Je vais essayer, fut tout ce que je pus lui répondre.

CHAPITRE 48

Revoir Philippe ! Dès que je le vis, je compris que c'était tout ce qui me manquait pour parachever ma guérison. Comment ferions-nous pour ne pas éveiller les soupçons de nos conjoints respectifs ? C'était presque impossible.

J'étais tout aussi heureuse de retrouver Sonia, bien que cela puisse paraître bizarre. J'étais réellement désolée pour elle, mais nous n'y pouvions rien. Je n'avais pas eu beaucoup de copines dans ma vie d'adulte, de celles avec qui on peut parler de tout et de rien, et elle aurait facilement pu le devenir si je n'étais pas tombée amoureuse de son mari, et réciproquement. Je savais par Philippe qu'elle me considérait comme sa meilleure amie et cela me brisait le cœur. Elle manquait singulièrement de confiance en elle, ce qu'elle tentait de camoufler par une exubérance un brin exagérée qui énervait souvent Simon, et elle recherchait toujours mon avis comme si j'étais un modèle pour elle. J'en étais profondément mal à l'aise, parce que je savais qu'elle se sentirait doublement trompée lorsque les événements se précipiteraient entre Philippe et moi.

Lorsque nous allions ainsi dans le Sud pour de

courtes périodes, Simon aimait se prélasser au lit, mais moi, j'étais souvent levée dès six heures. J'aimais aller nager dans la mer que les vagues n'avaient pas encore prise d'assaut et marcher sur la plage quasi déserte. Vers huit heures, j'allais réveiller Simon, que ce repos supplémentaire avait mis dans d'excellentes dispositions qui nous amenaient souvent à faire l'amour. C'était l'époque heureuse où je croyais encore que tout était possible.

Dès le premier matin, je me levai silencieusement pour mon rendez-vous matinal avec le soleil, la mer et, je l'espérais de tout mon cœur, avec Philippe.

La veille, Sonia nous avait avertis de ne pas compter sur elle avant neuf heures, parce qu'elle traînait une fatigue depuis quelques semaines et qu'elle voulait se reposer le plus possible durant ce séjour. Simon avait renchéri en affirmant que c'était pareil pour lui, qu'il n'y avait que dans ces voyages qu'il pouvait réellement décompresser, tandis que moi, je m'empressai de dire que j'étais toujours debout à six heures. Mon message avait dû être compris, car Philippe avait ajouté que le monde appartenait à ceux qui se lèvent tôt et qu'il en faisait partie. C'était la raison pour laquelle j'avais le cœur battant et les membres fébriles en approchant de la plage.

Il était là, les pieds dans l'eau, et je m'arrêtai pour admirer son dos musclé et ses fesses bombées que le short dessinait avantageusement. Il dut deviner ma présence, car il se retourna brusquement et nous

nous contemplâmes de loin, en savourant l'attente, parce que nous savions qu'elle serait de courte durée.

Il y avait quelques promeneurs isolés que nous apercevions au loin, mais aucun nageur n'était en vue. Deux employés nonchalants nettoyaient la plage des algues que la marée descendante avait laissées durant la nuit, mais, sinon, nous étions seuls. Je m'approchai lentement et m'arrêtai à quelques pas de lui.

— Tu viens nager ?

Il parut surpris l'espace d'un instant, puis il comprit. Là-bas, nos corps totalement immergés dans l'onde liquide, nous serions presque invisibles. Je courus jusqu'à ce que l'eau soit assez profonde pour y plonger et nageai vers l'horizon, suivie de Philippe. Lorsque nous fûmes assez loin pour ne plus distinguer les traits des deux travailleurs, nous nous arrêtâmes et nos corps se rejoignirent dans un même élan. Le goût de ses lèvres et de sa langue, la force de son étreinte, ses mains exigeantes, tout m'était familier, même si nous n'avions connu cela qu'une seule fois. Nous nous embrassions à perdre haleine et nous nous caressions éperdument, mais nous fûmes vite frustrés. Certes, nous étions à l'abri des regards indiscrets, mais nous étions limités dans nos mouvements, puisque nous devions nous maintenir à flot, sans rien de solide pour nous retenir. Il me lâcha soudainement et, d'un commun accord, nous nous sommes remis à nager vers la rive. Les toilettes de la plage étaient dissimulées dans un bosquet de palmiers et nous y courûmes en nous tenant par la main. Après nous être assurés que les lieux étaient déserts, nous nous enfermâmes dans une cabine et nos bouches affamées se retrouvèrent, pendant que nos maillots tombaient par terre.

Ce fut court, mais d'une intensité presque douloureuse. Pour l'instant, nous étions condamnés à cela, mais, de toute manière, nous étions si pressés, si passionnés, que notre jouissance ne demandait qu'à éclater dès que nos épidermes se touchaient. Quelques minutes plus tard, nous nous retrouvâmes sur la plage, étendus sur nos serviettes, là où nous les avions laissées.

— Tu sais, Philippe, j'ai fait un long cheminement durant tout l'automne, et Simon m'a été d'une grande aide et d'un grand réconfort moralement. Je me disais que c'était ça, le véritable amour, pas cet embrasement des sens que nous avions connu, toi et moi. Je croyais qu'un amour né dans ce genre de circonstances – les vacances, le soleil, la nouveauté – ne pouvait pas résister au temps et à l'absence, mais de te revoir change tout.

— Et maintenant ? C'est comment, avec Simon ?

— Il m'a suppliée de lui accorder un sursis jusqu'à l'été. Je lui ai répondu que j'allais essayer. Après tout ce qu'il avait fait pour moi, je n'ai pas pu me résigner à refuser.

— Tu n'es donc pas certaine de le quitter ?

— Il est clair maintenant que je ne peux plus continuer comme ça. J'imagine que j'avais besoin de te voir face à face, de plonger mes yeux dans les tiens pour être certaine que ce que nous avions vécu n'était pas qu'un rêve. Cela dit, je ne veux pas te forcer à faire quoi que ce soit, je veux que ce soit clair entre nous.

— Moi aussi, j'ai réfléchi pendant ces quelques mois. Je ne peux pas dire que nous avons vécu de véritables problèmes, Sonia et moi, mais il manque quelque chose à notre couple. Avant la naissance de Charles, nous sommes passé à deux doigts de la rupture. Il n'y avait pas de mésentente ni de dispute, seulement de l'ennui. J'ai eu une aventure d'un soir. Elle l'a deviné, mais m'a pardonné. Ensuite, elle m'a convaincu d'avoir un enfant ; elle affirmait que c'était ce qui nous manquait, que cela allait cimenter notre union. Du coup, j'ai fini par céder, un peu par faiblesse. Je n'avais rien à lui reprocher, tu comprends ? Je la quittais sans raison particulière, à part le fait que l'amour que j'avais ressenti pour elle s'était éteint au fil des années pour ne laisser dans son sillage qu'une tendresse plus amicale qu'amoureuse. Elle le savait, mais elle disait qu'elle m'aimait assez pour deux et que la venue d'un bébé ferait renaître l'amour dans mon cœur, ne serait-ce que pour l'enfant. Charles est né et j'ai pu constater qu'elle avait raison. Je n'avais plus envie de partir. Nous nous entendions bien et notre amour pour Charles nous rapprochait. Puis, il a vieilli et la normalité des choses a fait qu'il s'est un peu éloigné de nous. J'ai recommencé à m'ennuyer et à me dire que ma vie ne pouvait pas se résumer à cela, et c'est là que je t'ai rencontrée.

— Pourquoi ne m'as-tu jamais rien dit à ce sujet ?

— Pour la même raison que tu ne m'as jamais

véritablement parlé de tes problèmes de couple, j'imagine. Par pudeur, par fidélité morale envers notre conjoint, par respect pour ce que nous avons vécu avec eux.

— La quitterais-tu si je restais avec Simon ?

— Si je te perdais, plus rien n'aurait d'importance. Partir ou rester me serait égal.

— Et Sonia, là-dedans ? Tu as pensé à elle, à ce qu'elle désire ?

— Elle sait depuis longtemps que mes sentiments pour elle ne sont pas aussi forts que les siens. Je ne la rends pas malheureuse et je ne le suis pas non plus. C'est très clair entre nous.

— C'est peut-être ce qu'elle te fait croire. En fait, ça t'arrange. Ça t'évite de te remettre en question.

— Pourquoi te soucies-tu de Sonia, tout à coup ? Tu ne t'embarrassais pas avec ces détails quand tu gémissais entre mes bras, tout à l'heure.

Je blêmis. Même si cela n'avait pas été mon intention, je l'avais jugé et il ne faisait que répondre à mes remarques désobligeantes, mais la colère me submergea et elle éclata sans que je puisse la modérer, comme cela m'était arrivé souvent au cours des derniers mois.

— Ce qui me dérange, c'est de comprendre que je serai la seule responsable de votre rupture. Que tu restes ou non dans ma vie, je vais quitter Simon, tandis que toi, tu attends que je le fasse avant d'agir. Tout l'odieux retombe sur moi parce que tu refuses de voir que ton attitude envers ta femme est égoïste. Comme tu es tout de même heureux dans ce mariage à sens unique, tu t'es persuadé que Sonia ne peut pas désirer mieux, en l'occurrence un homme qui l'aime réellement. Tu te démets de ta culpabilité en disant que c'est clair entre vous. Ainsi, en la quittant pour une autre femme, tu pourras toujours affirmer qu'elle savait que cela arriverait un jour. Pendant que je me démenais comme une folle pour reprendre la maîtrise de ma vie avant de prendre la décision de quitter Simon pour les bonnes raisons ou de *rester* pour les bonnes raisons, toi, tu gardais ta place au chaud auprès de Sonia, au cas où les choses ne tourneraient pas à ton avantage avec moi. Je n'avais pas tort en disant que nous ne nous connaissions pas assez pour faire des projets d'avenir.

Sur ce, je me levai en ignorant la main tendue et les protestations de Philippe, et me dirigeai vers la passerelle qui menait à l'hôtel en retenant mes larmes. Je tombai face à face avec Simon, qui venait en sens inverse.

— Je venais te rejoindre. Tu as vu l'heure ?
— Non, je n'ai pas fait attention.
— Il est neuf heures. Je m'attendais à ce que tu viennes me réveiller vers huit heures, mais je vois que tu étais occupée ailleurs.
— Qu'est-ce que tu veux dire ?
— C'est Philippe que je vois là-bas, non ?
— Oui, nous discutions et je n'ai pas vu le temps passer, excuse-moi. Tu as vu Sonia ?
— Elle nous attend au buffet pour déjeuner.
— D'accord, allons-y.
— On n'attend pas Philippe ?

— Je crois qu'il veut aller nager encore un peu.

Je partis devant tout en sachant que je n'éviterais pas une discussion à ce sujet, mais, pour le moment, tout ce que je souhaitais, c'était de me dérober à son regard perspicace.

CHAPITRE 49

— Que s'est-il passé ce matin, à la plage ? Tu avais l'air contrariée.

— Oh ! rien de spécial. On a eu une discussion un peu animée, c'est tout.

— À quel sujet ?

— Est-ce bien nécessaire de s'étendre là-dessus ?

— J'ai l'impression que tu me caches quelque chose, Delphine, alors, j'insiste.

— Seigneur, Simon, tu ne vas tout de même pas faire toute une histoire avec une bagatelle. Je m'inquiétais pour Sonia ; je l'ai trouvée changée. Est-ce que tu as remarqué ?

— Pourquoi ai-je l'impression que tu essaies de détourner mon attention ?

— Qu'est-ce que tu vas chercher là ? Il a laissé entendre qu'elle s'apitoyait sur son sort et je lui ai rétorqué que, si c'était le cas, c'était parce qu'elle avait besoin d'attention et qu'il devrait être avec elle au lieu d'être avec moi. Il n'a pas tellement apprécié ma remarque et il m'a rembarrée assez vertement, ce qui m'a frustrée.

— Pourquoi voulais-tu me cacher cela ?

— Parce que je ne suis pas fière de moi. Je me suis mêlée de ce qui ne me regarde pas et il a eu raison de me remettre à ma place. Je n'avais pas à me fâcher contre lui.

— Tu n'auras qu'à t'excuser, c'est tout.

— Je ne suis pas une enfant ! Je sais ce que j'ai à faire, merci !

— Est-ce que cette façon d'être tout le temps sur la défensive fait partie de ta nouvelle personnalité, Delphine ? Si c'est le cas, je te préférais avant.

— C'est sûr que c'était plus simple quand j'acquiesçais à tout et que j'acceptais n'importe quoi. Ne me regarde pas avec cet air de chien battu qui ne comprend pas ce qu'on lui reproche. Je vais prendre l'air, j'étouffe.

Qu'est-ce qui m'avait pris ? Était-ce ma désillusion envers Philippe qui me poussait à me conduire de la sorte ? Était-ce l'accumulation des mensonges sur ma conscience qui me rendait si susceptible ? Après avoir fait le tour de notre pavillon au pas de course, je m'étendis sur une chaise longue dans un coin sombre de la piscine qui le jouxtait. Il était près de minuit et l'endroit n'était occupé que par un couple enlacé que je dérangeai dans son intimité. Lorsque les deux individus s'éloignèrent en rigolant tout bas et qu'ils passèrent sous un réverbère, je reconnus la femme qui avait dîné à la table voisine de la nôtre. L'homme qui était avec elle n'était pas son mari, c'était le Mexicain qui nous avait servis.

Sans doute allait-elle faire l'amour avec cet inconnu. Qu'est-ce qui la différenciait de moi, au fond ? L'adultère était-il plus acceptable quand l'amour était présent ? Est-ce qu'une baise d'un soir était plus condamnable quand il s'agissait d'une femme ? Et si cette femme aimait tout de même son mari, mais qu'elle eût besoin de ces écarts occasionnels pour préserver un équilibre, même précaire, dans son couple ? Qui étais-je pour juger ? N'était-ce pas ce que j'avais fait le matin même avec Philippe ? Qu'est-ce qui m'avait tant offusquée ? Aurais-je voulu qu'il fasse ce que je me refusais de faire, soit de quitter mon mari sans avoir pesé soigneusement le pour et le contre ? Aurais-je voulu qu'il abandonne tout par amour pour moi alors que je doutais de cet amour ?

Comme j'avais été dure avec lui ! J'avais totalement manqué d'indulgence à son égard, je le réalisais pleinement, et les larmes inondèrent mon visage. Avais-je tout gâché ? Pourrait-il me pardonner mon injustice et mon intransigeance ? Étais-je devenue ce que Simon avait dit tantôt, une personne constamment sur ses gardes, qui attaque sans offense et qui arbitre les motivations de chacun sans regarder ce qui lui pend au bout du nez ?

Un mouvement en face de moi, de l'autre côté de la piscine, attira mon attention. Quelqu'un se tenait là dans une pénombre semblable à la mienne. C'était la silhouette d'un homme, cela ne faisait aucun doute. Je ne savais pas s'il était là depuis longtemps, mais je décidai sur-le-champ de retourner à ma chambre. Lorsque je me levai, il fit de même et je m'éloignai d'un pas rapide vers la lumière qui éclairait mon pavillon à quelques mètres de là. Au moment d'y pénétrer, je me retournai pour voir

Philippe s'engouffrer dans la villa voisine de la nôtre, où Sonia et lui logeaient. Je m'arrêtai net et il fit de même. Allait-il me faire un signe ? Attendait-il que je lui en fasse un ? Je n'eus pas le temps de me questionner plus longuement. Simon me héla depuis le palier supérieur qui menait à notre chambre.

— Delphine ? Enfin, te voilà ! Je m'inquiétais et je m'apprêtais à partir à ta recherche.

Je jetai un dernier regard à l'extérieur, mais Philippe avait disparu.

CHAPITRE 50

Après cette première journée, Simon m'accompagna tous les matins à la plage, mais Philippe ne s'y montra plus qu'en compagnie de Sonia, après le petit déjeuner que nous prenions maintenant séparément. Simon avait-il vraiment cru mes mensonges ? En tout cas, il semblait décidé à ne plus me laisser seule. La camaraderie qui avait existé entre les deux hommes semblait s'être volatilisée. La seule explication qui me venait à l'esprit, c'était que Simon soupçonnait quelque chose et cela m'angoissait. Un malaise s'était donc installé dans notre quatuor, et je luttais en permanence contre la tristesse.

Philippe nous présentait un visage le plus souvent morose, et sa fébrilité le poussait souvent à faire de longues promenades au bord de la mer. Il en revenait un peu calmé, mais il veillait toujours soigneusement à ne pas croiser mon regard. Je n'étais donc pas en mesure de deviner le fond de sa pensée, ce qui me torturait. Simon multipliait les marques d'affection devant eux et je n'osais pas le repousser, mais j'étais profondément mal à l'aise. Il faisait celui qui n'avait aucun souci, se donnant un air détendu qui ne me trompait pas. Je le connaissais assez pour savoir que le pli qui était apparu entre ses sourcils n'était pas une ride que le soleil avait fait naître. Quant à Sonia, elle semblait complètement perdue. Elle allait de l'un à l'autre en tentant de nous faire rire, mais les éclats joyeux s'éteignaient trop rapidement pour être sincères.

La dernière journée complète avant notre départ, elle me demanda de l'accompagner en promenade, et un sentiment de panique me saisit. Quels mensonges serais-je encore obligée d'inventer ? J'en étais venue à souhaiter la fin de ce voyage, qui s'était transformé peu à peu en un véritable calvaire pour moi. Pour la première fois depuis des jours, je rencontrai le regard de Philippe et j'y décelai la même panique, mais aussi un désespoir qui me transperça le cœur. Même si Simon avait l'air assoupi, je ne m'y fiai pas ; ses cils frémissaient comme chez quelqu'un qui s'efforce de paraître endormi.

Je me levai et allai rejoindre Sonia qui avait déjà pris les devants sans attendre mon approbation. Nous marchâmes quelques instants en silence, puis, brusquement, elle éclata en sanglots.

— Veux-tu me dire ce qui se passe, à la fin ? Vous me prenez tous pour une conne, mais je vois bien qu'il y a quelque chose qui cloche.

— Sonia, calme-toi ! Je crois qu'il y a eu un malentendu entre Simon et Philippe, mais je n'en sais pas tellement plus.

— Pas tellement, dis-tu, alors vas-y, crache le morceau, dis-moi tout. Je m'étais fait une telle joie de vous revoir, mais ce séjour a été une vraie catastrophe, finalement.

— En fait, c'est ma faute. Je n'avais pas compris que Simon voulait faire ce voyage en amoureux lorsque je vous ai invités à vous joindre à nous. Je présume qu'il l'a dit à Philippe, ce qui a créé un froid entre eux.

— Philippe ne m'en a rien dit.

— J'imagine qu'il ne voulait pas tout gâcher.

— C'est arrivé quand même. Oh ! Delphine, nous ne devons pas nous séparer sur ce malentendu. Qui sait quand nous nous reverrons ? Je te considère presque comme une sœur, même si nos contacts ont été peu nombreux. Peu nombreux, mais tellement stimulants. Tu es tout ce que je voudrais être. J'admire ta confiance en toi, ton équilibre, ton humeur toujours égale.

— Je regrette de te dire que tu n'es pas bon juge, Sonia. Je suis tout le contraire de ce que tu crois. Ne perds pas ton temps à vouloir être ce que tu n'es pas et vis ta vie du mieux que tu peux.

J'avais répliqué un peu trop vivement et je remarquai que je l'avais peinée. Elle m'avait ouvert généreusement son cœur, mais je ne pouvais pas accepter ce qu'elle m'offrait, surtout pas de lui servir de modèle. Néanmoins, je ne supportais pas de la voir retenir des larmes dont j'étais la cause.

— Sonia, excuse-moi, je n'ai pas voulu minimiser tes sentiments. Tu as des qualités morales que tu ne soupçonnes pas, des qualités dont je suis moi-même dépourvue. Je ne suis pas mieux que toi, ni pire.

Nous sommes des égales, Sonia, avec nos forces et nos faiblesses. Cela dit, il n'est pas interdit de vouloir améliorer notre sort, mais pas en prenant quelqu'un d'autre pour modèle.

— C'est cela que j'aime chez toi. Tes propos sont toujours sages, pleins de bon sens. Je comprends ce que tu veux dire et tu as raison. Parfois, Philippe affirme que je suis restée coincée quelque part entre mon enfance et mon adolescence. C'est sa façon de dire que je suis trop naïve. Je le sais, mais je suis faite comme ça. Je préfère accorder ma confiance trop facilement que d'être méfiante envers tout le monde. Et tu sais quoi ? Jusqu'à maintenant, je n'ai jamais été déçue par quiconque.

C'était à mon tour d'avoir les larmes aux yeux. Comment pouvais-je rester là à écouter les propos de cette femme merveilleuse, que j'avais trompée de la pire des façons, sans que ma traîtrise se lise sur mon visage ?

— C'est parce que tu vois le bien partout, même là où le mal sévit.

CHAPITRE 51

Dans l'avion qui nous ramenait au Québec, je me sentais plus perdue que jamais. Il m'avait été impossible de parler à Philippe seule à seul, ne serait-ce qu'une brève minute et, si j'avais jonglé avec l'idée de lui écrire, son attitude m'en avait dissuadée. Lorsqu'il s'était approché de moi pour me dire au revoir, il m'avait à peine touchée, à tel point que je me demandais encore si j'avais réellement senti ses lèvres sur ma joue ou si j'avais rêvé. Notre aventure semblait bel et bien terminée et, si cela m'emplissait de tristesse et que toutes les articulations de mon corps me faisaient mal, comme si l'essence qui les avait lubrifiées s'était tarie, j'acceptais l'inéluctable. Avais-je le choix ? Si Philippe avait conclu après notre discussion qu'il était préférable d'en rester là, il n'était pas question que je m'accroche, même si mon cœur saignait par tous les pores de ma peau.

Dès le lendemain, je pris mon courage à deux mains pour annoncer mon départ à Simon. Tergiverser plus longtemps n'apporterait rien de bon, surtout que Simon persévérait dans sa reconquête, allant même jusqu'à placer un film porno sur la table de nuit, ce qui ne lui ressemblait absolument pas. J'avais fait comme si je n'avais rien vu et il n'avait pas poussé plus loin dans sa démarche, heureusement. Au matin, cependant, il s'était collé à moi et j'avais senti son érection. Je m'étais levée avant que cela aille plus loin et, après avoir fait ma toilette, j'étais revenue dans la chambre où j'avais découvert qu'il n'avait pas bougé.

— Simon, il faut que nous parlions.

— Nous ne faisons plus que cela, il me semble. Il est clair que le reste ne t'intéresse plus.

— Nous n'avons plus rien en commun, c'est vrai. Il est temps de se l'avouer.

— Je suis tellement fatigué, Delphine, de tourner en rond sans jamais arriver nulle part, tu ne peux pas savoir ! Alors, va droit au but, s'il te plaît.

— Je vais partir, Simon. J'ai essayé de retrouver le bonheur avec toi, mais ce n'est plus possible.

— Tu crois peut-être que je suis aveugle ? Il y a longtemps que je voyais venir ce jour, mais ça ne m'a pas empêché d'espérer et de tout tenter pour te reconquérir.

— Je sais que tu as fait d'énormes efforts, mais cela vient de moi.

— C'est Philippe, n'est-ce pas ? Ne me fais pas l'insulte de nier, Delphine, cela m'a sauté au visage ce premier matin, au Mexique, mais je ne voulais pas le croire.

— Je regrette sincèrement de te faire vivre cela. Je te jure que je ne voulais pas que ça arrive, mais ce n'est pas à cause de lui que je te quitte. Ça couvait bien avant notre voyage en France.

— Tu m'as menti pendant tout ce temps-là ! Tu flirtais avec lui devant moi, mais je me disais que ce n'était qu'un jeu, que tu cherchais seulement à me rendre jaloux pour faire rejaillir l'étincelle entre nous. Et cette pauvre Sonia que vous avez trompée aussi, ton amie, disais-tu. N'as-tu pas honte ? Es-tu devenue totalement dénuée de moralité, de conscience ? Dire que je t'ai aidée à te retrouver. Si j'avais su que tu deviendrais cette femme pour qui je n'ai plus aucun respect, c'est moi qui t'aurais laissée le premier. Tu peux bien partir où tu veux, je ne te retiendrai pas. Va rejoindre ton amant, va briser un autre couple et détruire la vie d'une femme qui t'aimait et qui t'admirait.

Qu'aurais-je pu ajouter ? Il avait raison sur tout. J'avais prévu que sa réaction serait terrible, mais chacune de ses paroles avait creusé un cratère dans ma chair et je n'étais plus qu'une masse sanguinolente lorsque je sortis de la chambre.

CHAPITRE 52

Pendant ce temps-là, en France...

— Sonia, je dois te parler. J'ai voulu te le dire l'autre jour, mais tu m'en as empêché. Il y a une autre femme dans ma vie.

— Tu l'aimes ? Ne réponds pas, ça me ferait trop mal. Ma question était idiote. Si tu ne l'aimais pas, tu n'en parlerais pas, n'est-ce pas ?

— Je regrette sincèrement de te faire vivre cela. Je te jure que je ne voulais pas que ça arrive.

— Je savais qu'un jour tu rencontrerais une femme que tu pourrais aimer totalement. J'ai eu de la chance de te garder aussi longtemps.

— Ne sois pas si compréhensive, si résignée. Je ne mérite pas ton indulgence.

— Ce n'est pas dans ma nature de crier, de me plaindre, de pleurer et de supplier, tu le sais. Tu m'as aimée, Philippe, autant que tu le pouvais, tu m'as donné le meilleur de toi-même malgré tout, tu m'as rendue heureuse et, surtout, tu m'as donné un fils qui te ressemble. Je te suis reconnaissante pour tout ça.

— Tu aurais pu avoir mieux, tu méritais qu'un homme t'aime réellement.

— Tu ne comprends pas, Philippe. J'étais comblée

avec toi, j'ai reçu tout ce dont j'avais rêvé. L'amour que tu me portais n'était peut-être pas passionnel, mais il était sincère, respectueux, et tu as toujours été honnête, tu ne m'as jamais promis ce que tu n'étais pas en mesure de m'offrir. Ce n'est pas si difficile de trouver un homme pour satisfaire ses besoins sexuels, mais c'est beaucoup plus rare de trouver un véritable ami et de le garder. Tu es mon meilleur ami et tu le resteras toujours.

— Il y a une chose que tu ne sais pas. Tu ne seras peut-être pas aussi indulgente lorsque je t'aurai tout dit.

— Je ne veux pas connaître son identité, si c'est de cela que tu parles.

— Je n'ai pas le choix, Sonia, parce que cela va te toucher directement. C'est Delphine.

Philippe vit la souffrance s'accentuer sur le visage de sa femme. Cela faisait comme un réseau de rides qui se creusaient une à *une depuis le début de leur conversation. Il aurait nettement préféré une scène à la douleur silencieuse qui s'inscrivait dans sa chair.*

— J'aurais dû le deviner. Cela me saute aux yeux, maintenant. Vous avez tellement de choses en commun.

— Tu ne te sens pas trahie, trompée, mortifiée ? Tu la considérais comme ta meilleure amie. Ce que tu as dit tantôt sur l'amitié s'applique également à elle, non ?

— Tout est question de sincérité. Ce qui me ferait le plus mal, ce serait de savoir qu'elle a fait semblant de m'aimer pour mieux t'approcher.

— Je te jure que non. Elle se sent presque aussi coupable envers toi qu'envers Simon. Elle t'apprécie véritablement et c'est pour cela qu'elle a tenté de créer une barrière entre vous, pour te protéger d'une trop grande peine quand tu connaîtrais la vérité.

— C'est vrai que, parfois, je la sentais distante envers moi, mais comme elle était ainsi avec Simon, je me disais que c'était dans son caractère. Distante et passionnée, comme un feu qui couve sous la glace. Toi aussi tu l'as, cette passion latente. Je n'aurais pas pu la gérer, elle m'aurait vite dépassée, car mon exubérance n'est qu'un leurre, je te l'ai déjà dit. Delphine est faite pour toi. Vous vous attendiez pour découvrir votre vraie personnalité.

— Tu es la plus merveilleuse des femmes, Sonia.

Elle eut un petit sourire triste avant de se diriger vers la salle de bains. Ce n'était plus un mystère pour lui, elle laisserait ses larmes se diluer sous le jet de la douche. Et il pleura avec elle.

CHAPITRE 53

Ce jour-là, Simon et moi ne nous adressâmes plus la parole, sauf lorsque je lui demandai s'il préférait que je parte tout de suite. Il me répondit que je pouvais rester jusqu'à ce que David soit au courant et qu'en attendant il prendrait la chambre d'amis.

J'essayais désespérément de me convaincre que tout irait pour le mieux, mais l'appréhension me tordait les entrailles. Je ne ressentais aucune joie, aucune délivrance. J'avais la pénible impression d'avoir raté ma vie ou, du moins, d'avoir emprunté une mauvaise route quelque part. Cela ne voulait pas dire que je regrettais ces années, bien au contraire ; c'était plutôt un sentiment de défaite, d'échec, non pas face à mon défunt couple, mais face à moi personnellement. J'y avais tellement cru ! Je m'étais tellement sentie meilleure que tous ceux qui se séparaient, qui se déchiraient et qui se trompaient ! Je les avais jugés, méprisés, je les avais traités de lâches et voilà que je faisais partie de ces gens. Est-ce que je me pardonnerais, un jour ?

Il ne restait que deux jours avant l'arrivée de David, et une espèce de statu quo s'installa entre Simon et moi. Il passait le plus clair de son temps à sa clinique et, lorsqu'il était à la maison, il se retranchait dans son bureau. Il s'arrangeait pour ne pas prendre ses repas en même temps que moi, de sorte que nous nous croisions rarement.

Lorsque David et son amie Karine arrivèrent le samedi matin, le courage faillit me manquer. Je ne m'étais pas attendue à ce que la jeune fille accompagne mon fils et cela me mettait mal à l'aise de mettre fin à mon mariage en présence d'un tiers, sans compter que le jugement de David me faisait très peur.

Évidemment, ce ne fut pas long avant que David remarque le malaise entre nous.

— Est-ce qu'il est arrivé quelque chose ? On dirait que votre chien est mort, mais, comme vous n'en avez jamais eu, c'est peu probable.

Comme s'il n'attendait que ce signal, Simon se leva et quitta la pièce, me laissant seule pour affronter la tempête.

— Est-ce que papa est malade ? Il n'a vraiment pas l'air dans son assiette. Toi non plus, d'ailleurs.

Comment lui annoncer ça ? Je ne trouvais plus les mots que j'avais pourtant préparés minutieusement.

— Maman, tu me fais peur ! Parle !
— Je m'en vais, David. Je quitte ton père.

Voilà, c'était dit, comme ça, sans ménagement. Il se rejeta en arrière en étouffant un juron. Karine marmonna une excuse et descendit au sous-sol, où le couple avait ses quartiers dans l'ancienne chambre de David. Restée seule avec mon fils, j'attendis qu'il reprenne ses esprits avant d'ajouter quoi que ce soit.

— Je savais que tu trouvais ça difficile, parfois, que tu te sentais seule depuis mon départ, mais jamais j'aurais cru que c'était à ce point.

— Ça couvait depuis plus longtemps. Disons que ça a été la goutte qui a fait déborder le vase.

— Pourquoi ? Qu'est-ce qui te manquait, ici ? Qu'est-ce qui ne te rendait pas heureuse ? Papa n'était peut-être pas souvent là, mais il ne te refusait rien. Tu as toujours dit que tu étais comblée. Qu'est-ce qui a changé ?

— Moi. C'est moi qui ai changé. Ton père est le meilleur des hommes, jamais je ne dirai le contraire. Je prends toute la responsabilité de ce qui arrive.

— Est-ce que tu l'as trompé ?

— Ça ne te regarde pas, David. C'est entre ton père et moi.

Il dut prendre cela comme un aveu, car il me fixa avec un air incrédule en secouant la tête en signe de dénégation.

— Tu me dégoûtes ! cria-t-il en lançant son verre contre le mur, où il se fracassa en mille morceaux, à l'instar de mon cœur.

— David, tu n'es plus un enfant, tu vis ta vie loin de nous, tu fais tes propres choix. Que nous soyons d'accord ou pas n'a pas d'importance. Quoi que tu fasses, nous n'avons pas à en juger et ça devrait être pareil de ton côté. Ce que nous faisons, ce que nous décidons ne te regarde plus.

— C'est facile à dire ! Vous êtes mes parents, vous étiez mon modèle. Qu'est-ce que je vais faire, maintenant ? À qui je demanderai conseil ? Vous m'avez inculqué l'honnêteté, le respect, la fidélité, la sincérité, tous des mots avec des connotations différentes, mais qui partagent la même réalité, à savoir qu'on ne doit mentir ni aux autres ni à soi-même. Je ne peux pas croire que tu les as tous effacés du revers de la main.

— Ne pas se mentir à soi-même, David, tu l'as dit. Tout part de là. Quand on se ment à soi-même toute sa vie comme je l'ai fait, il ne peut y avoir rien de vrai. Tous ces mots existent encore, ils ont toujours existé, mais c'est maintenant qu'ils prendront tous leurs sens.

— Rien de vrai ? Et papa ? Et moi ? Nous sommes quoi, à ton avis ? Un faux mari, un faux fils ?

— Bien sûr que non. Je te parle de moi, David. C'est moi qui étais fausse, c'est pour moi que tes mots n'avaient pas le sens qu'ils auraient dû avoir.

— Et maintenant, tu es vraie ? Maintenant que tu as menti, trompé, trahi, détruit, tu te sens vraie ? Il te fallait faire tout ça pour que tu découvres ta vérité ? Eh bien ! félicitations ! C'est du beau travail. En tout cas, moi, je préférais la fausse, je n'ai rien à faire de l'autre.

Après un dernier regard méprisant qui fit s'ouvrir le sol sous mes pieds, il se leva et descendit retrouver

Karine. Quelques minutes plus tard, ils remontèrent avec leurs bagages et quittèrent la maison sans un regard en arrière.

Il ne me restait plus qu'à ramasser les miettes de verre éparpillées dans la cuisine, ainsi que celles de mon cœur qui me transperçaient la poitrine.

CHAPITRE 54

Je partis alors que Simon était au travail. Il n'aurait pas voulu être là et je préférais qu'il n'y soit pas. Qu'aurions-nous pu dire ? J'avais voulu lui laisser un mot, mais, sur le papier, tout ce à quoi je pensais sonnait faux. Finalement, j'avais laissé tomber.

Les remords m'étouffaient. C'était vain, bien sûr, mais je n'y pouvais rien. J'avais fait tellement de mal autour de moi ! Si j'avais détesté Simon ou si j'avais eu des choses à lui reprocher, cela aurait été plus facile, mais il n'en était rien. Je l'avais sincèrement aimé et je l'aimais encore dans une certaine mesure.

En ce qui concernait David, j'avais conclu après mûre réflexion qu'il était préférable de lui laisser du temps. Il souffrait trop pour le moment pour entendre la voix de la raison. Mais quelle était-elle, cette voix de la raison ? Laquelle était vraie ? Celle de Simon et de David qui me condamnaient, ou la mienne qui m'excusait ? J'avais trompé mon mari, certes, j'étais coupable, je n'essayais pas d'échapper à cette vérité, mais cela m'enlevait-il automatiquement toutes les qualités que David m'avait énumérées ? Une seule erreur, aussi terrible fût-elle, faisait-elle de moi un être méprisable et sans scrupules ? J'avais toujours été honnête, respectueuse, fidèle et sincère envers tous, sauf envers moi. N'avais-je pas menti à tous dans une certaine mesure, tout compte fait ? Je savais que ces qualités étaient en moi et que je continuerais à vivre selon leurs préceptes, mais elles s'appliqueraient dorénavant à ma propre vérité et, ainsi, elles prendraient enfin tout leur sens. C'était cela que j'avais voulu faire comprendre à David, mais, selon toute apparence, je m'y étais mal prise.

Mon installation se fit en un temps record. J'avais presque tout laissé derrière moi, sauf mes affaires personnelles et quelques menus souvenirs. Tout ce qui faisait partie de ma vie d'avant ne m'appartenait plus. Je ne voulais pas de bataille juridique. C'était on ne peut plus simple : hormis ce qui me revenait de droit, je renonçais à tout. J'avais loué l'appartement tout meublé d'un collègue qui avait trois enfants et qui était parti vivre avec sa copine, mais qui préférait se donner un temps d'essai de quelques mois avant de tout vendre.

Pour comble de malheur, je tombai malade cinq jours plus tard. Une double pneumonie m'obligea à quitter mon travail pendant quelques semaines. J'étais anéantie. Je n'avais plus goût à rien, je pleurais à longueur de jour et ne me levais plus que pour les besoins primaires. Même si la rupture venait de moi, je n'échappais pas à l'étape obligatoire du deuil.

J'avais également un deuxième deuil à vivre : celui de Philippe. Je n'avais plus eu aucune nouvelle de lui depuis notre voyage au Mexique et, selon notre convention du début, je devais attendre qu'il m'écrive pour lui répondre, afin d'éviter que Sonia tombe sur notre correspondance. Utiliser nos cellulaires était également dangereux, et nous n'avions jamais choisi cette façon de faire. J'étais branchée presque en permanence sur ma messagerie du bureau, dans l'attente d'un miracle, mais presque trois semaines s'écoulèrent avant que le silence ne prenne fin.

Delphine,

J'ai reçu une invitation pour assister à un congrès international d'historiens à Québec. Avant d'accepter, je voulais savoir si tu pouvais venir m'y retrouver. Je crois vraiment qu'il faut que nous parlions, mais si tu as fait une croix définitive sur nous, je comprendrai.

Philippe

Je ne savais plus que penser. Les larmes brouillaient ma vue. *Si tu as fait une croix définitive sur nous*, écrivait-il. Croyait-il donc que c'était moi qui avais voulu cette rupture ? Jamais cette idée ne m'avait effleuré l'esprit, tellement j'étais persuadée que cela venait de lui. Il avait été tellement froid et distant ! Pouvais-je imaginer autre chose que de la colère dirigée contre moi parce que je l'avais laissé là, refusant d'écouter ses explications ? J'avais tellement été convaincue que mes arguments étaient irréfutables, j'avais tellement tenté de lui faire admettre ses torts sans tenir compte de son propre vécu, que je n'avais pas douté une seconde qu'il avait préféré mettre un terme à notre histoire.

J'envisageais maintenant un autre scénario. Mon attitude entêtée et fermée à toute discussion avait-elle pu lui laisser croire que je ne l'aimais pas assez pour l'accepter tel qu'il était ? Pouvait-il avoir pensé que je choisissais de rester avec Simon en le voyant m'entourer de prévenances comme jamais auparavant ? De plus, je n'avais pas pu lui signifier mes regrets. Il était donc normal qu'il fût resté sur cette impression. Sa froideur n'aurait-elle servi qu'à camoufler sa peine ?

Je me penchai sur mon clavier avec un fragile espoir au cœur.

Philippe,

Donne-moi les dates et le nom de ton hôtel et j'y serai. Ce qui m'étonne, c'est que je croyais que c'était toi qui ne voulais plus me revoir après m'être si mal conduite à ton égard.

Delphine

Comme je n'étais pas certaine de mes déductions, je préférais être prudente et ne pas trop en dire. La réponse ne prit qu'à peine une minute à me revenir.

Tu croyais que j'étais fâché contre toi ?!

Mon espoir enfla légèrement, faisant battre mon cœur.

Tu aurais eu toutes les raisons du monde de l'être. Je voulais m'excuser, mais tu sais comme moi qu'il n'a pas été possible de se retrouver seuls.

Je gardai les yeux rivés sur mon écran en croisant mes doigts en signe de chance.

Mais, tu aurais pu m'écrire, me faire un signe... J'ai vécu mille morts depuis ce jour-là...

Je voulais bien accepter les reproches, mais je n'étais tout de même pas la seule responsable de la situation.

J'y ai songé, mais tu avais tellement l'air en colère que j'étais persuadée que tu ne voulais plus rien savoir de moi. Moi aussi, j'ai vécu mille morts, tu sais.

Mon cœur menaçait d'éclater dans ma poitrine. Il n'y avait plus de doute possible.

Oh ! mon amour, pardonne-moi, je ne voulais pas te reprocher quoi que ce soit. J'étais en colère, c'est vrai, mais contre moi. Je croyais t'avoir perdue à cause de ma bêtise. J'étais sûr que Simon et toi aviez renoué et j'étais rongé par la jalousie. Je t'aime, je n'ai jamais cessé de t'aimer. Tout ça n'était qu'un malentendu. Rassure-moi, dis-moi que tu m'aimes toujours, que tout peut encore être possible.

Mes mains tremblaient tant que je mélangeais les lettres et je dus me résigner à ne lui écrire que ces quelques mots répétés à l'infini dans mon cœur :

Je t'aime, je t'aime, je t'aime, je t'aime, je t'aime...

Les mêmes mots retraversèrent l'océan pour réapparaître sur mon écran en lettres capitales et j'éclatai en sanglots libérateurs.

CHAPITRE 55

Une semaine plus tard, je pénétrais au château Frontenac, où avait lieu le congrès. Je vis tout de suite Philippe qui faisait les cent pas dans le hall en regardant sa montre. J'avais plus d'une heure de retard, un accident de la route ayant bloqué la circulation pendant un temps interminable.

Une fois de plus, je m'arrêtai pour le contempler, émue. Plus rien ne pouvait m'empêcher, désormais, de me jeter dans ses bras au vu et au su de tous. Je ne lui avais pas encore révélé que j'avais quitté Simon, préférant le lui dire de vive voix pour lui en faire la surprise.

Il se retourna vers moi et je vis ses traits anxieux s'illuminer en m'apercevant. Il s'élança et je fis de même. Ses bras me soulevèrent de terre et me firent tournoyer pendant qu'il parsemait mon visage de baisers. Lorsque nos bouches se soudèrent l'une à l'autre, nous comprîmes qu'il était temps de monter à la chambre.

Nous fîmes l'amour comme jamais encore auparavant. La seule urgence que nous ressentions était celle de nous offrir le plus de plaisir possible, lentement, amoureusement, passionnément. Il y avait si longtemps que je n'avais pas été aussi comblée que j'étais insatiable. Je ne sentais pas la fatigue et il fallut que mes jambes se dérobent sous moi alors que je revenais des toilettes pour que je réalise que ma convalescence n'était pas tout à fait terminée malgré la sève nouvelle qui coulait dans mes veines. Philippe me gronda gentiment en me ramenant au lit.

— Tu es plus malade que tu ne me l'as laissé croire et j'ai abusé de tes forces.

— C'est moi qui ai abusé de toi et, si je le pouvais, j'abuserais encore, sans jamais m'arrêter. Tu me redonnes vie.

— Tu as maigri…

— Je suis affreuse, je sais.

— Tu es la plus belle, la plus désirable des femmes.

— Je suis à toi et tu es à moi.

— Totalement, entièrement, et pour toujours.

— Quand tu voudras.

— Maintenant, aujourd'hui.

— Je te suis.

— Je suis sérieux, tu sais.

— Moi aussi. Je suis libre, Philippe. J'ai quitté Simon le lendemain de notre retour du Mexique.

— J'ai fait la même chose en même temps.

Nous nous regardâmes, émerveillés de notre communion d'esprit. Le baiser que nous échangeâmes avait un goût d'éternité et de promesses enfin concrètes.

— Comment Simon a-t-il réagi ?

— Très mal. Il a tout de suite deviné, pour nous deux. Il avait déjà des soupçons, mais il les repoussait. Il ne voulait pas y croire.

— Et David ?

— Ça a été atroce, épouvantable. J'ai peur qu'il ne me pardonne jamais.

— Le temps arrange parfois les choses, c'est connu.

— C'est ce que je me dis, mais il y a des blessures qui ne guérissent jamais tout à fait. Parle-moi de Sonia, maintenant.

— Elle est extraordinaire. Elle a de la peine, évidemment, mais elle ne m'en veut pas. À toi non plus, d'ailleurs. Une fois le premier choc passé, elle nous a ni plus ni moins donné sa bénédiction.

— J'aurais presque préféré qu'elle me haïsse, je me serais sentie moins coupable.

— Je ne crois pas qu'elle ait déjà haï quelqu'un. Ce n'est pas dans sa nature.

— Elle m'a dit, là-bas, au Mexique, que j'étais son modèle. Elle a quand même dû déchanter à mon sujet.

— Je ne sais pas. Tu lui as donné le courage de s'accepter comme elle était, ce sont ses propres paroles. Ça ne m'étonnerait pas qu'elle veuille rester ton amie.

— Je ne pourrais pas. Il me serait impossible de la regarder en face. Et Charles ?

— Il me ressemble beaucoup physiquement, mais, pour le reste, il est comme sa mère. Il a accusé le coup, puis il a accepté l'inéluctable.

Nos paroles étaient entrecoupées de baisers ardents et tous nos sens bouillonnaient de désir. Je ne pouvais pas croire qu'il était là. Je ne cessais de caresser son visage, comme pour me convaincre du miracle. Ses mains à lui parcouraient mon corps et je me sentais revivre.

CHAPITRE 56

Philippe participa tout de même à quelques conférences et j'en profitai pour prendre l'air dans les alentours, ma santé ne me permettant pas encore de longues promenades, mais, le reste du temps, nous le passâmes dans sa chambre à nous aimer éperdument et à parler de nous.

Notre enfance, notre adolescence, nos rêves réalisés ou non, nos déceptions, nos plus grands bonheurs, tout y passa. Plus j'apprenais à le connaître, plus je l'aimais. Même notre façon de faire l'amour s'en ressentait. Ce n'était plus une joute où le sexe prédominait, mais un hymne à l'amour où les désirs de l'autre passaient avant l'assouvissement et la performance.

Nous avions convenu qu'il retournerait en France et que j'irais l'y rejoindre dès qu'il aurait trouvé un endroit où nous installer. Pour le moment, il avait loué une chambre d'étudiant où il ne pouvait pas m'accueillir. Notre séparation fut triste, mais pas douloureuse, puisque nous savions qu'elle serait de courte durée.

Deux semaines s'étaient à peine écoulées quand il

m'annonça que tout était réglé, sans vouloir m'en dire plus. Il tenait à me réserver la surprise et cela ajouta à ma hâte de commencer ma nouvelle vie.

Dès le lendemain, je remis ma démission et réglai quelques problèmes administratifs dans le même souffle. Je m'envolai quelques jours plus tard seulement. Mon seul regret était de ne pas avoir pu dire au revoir à David, qui avait refusé catégoriquement de me parler lorsque j'avais téléphoné. Heureusement, cela n'avait pas empêché Karine de me donner des nouvelles de lui. De plus, elle m'avait promis de rester en contact avec moi et cela m'avait mis du baume au cœur.

Lorsque je mis le pied sur le sol français et que je vis Philippe dans la foule, j'éprouvai un soulagement infini. Je réalisai alors que j'avais eu confusément peur jusqu'à la fin que nous ne puissions nous retrouver. Lorsque nous fûmes enfin l'un devant l'autre, nous sommes restés là à nous regarder, sans nous toucher, savourant ce bonheur presque trop grand pour nous.

— Bienvenue chez vous, dit-il enfin.

Et c'étaient les plus beaux mots qu'il pouvait me dire à cet instant précis. Il n'y avait pas que de l'amour dans cette courte phrase ; elle englobait aussi tout l'espoir d'une vie en faisant miens non seulement un nouveau compagnon, une nouvelle maison et une nouvelle ville, mais un pays tout entier. J'appuyai doucement mon front contre son torse, et il m'enveloppa tendrement de ses bras. Les effusions qui avaient présidé à chaque rencontre précédente n'étaient plus nécessaires ; nous avions maintenant tout le temps voulu pour nous aimer.

Philippe m'avait fait la surprise d'une magnifique maisonnette de campagne qu'il avait achetée de la fille du propriétaire, après son décès, pour une bouchée de pain. Elle nécessitait d'importants travaux et c'était pour cette raison que les acheteurs potentiels s'en étaient tous détournés. En désespoir de cause, la vendeuse avait réduit son prix de presque la moitié, et Philippe avait vite fait d'imaginer son potentiel, après qu'il se fut assuré que la structure était solide. Il s'était dit que ce projet à réaliser ensemble serait une bonne façon de marquer le début de notre vie à deux, et j'étais entièrement d'accord avec lui.

Je tombai instantanément amoureuse de ma bicoque, comme Philippe l'appelait, et des milliers d'idées envahirent mon esprit pour l'améliorer sans la dénaturer. J'étais littéralement enchantée. La campagne environnante était splendide, et je distinguais au loin les tours du château et le clocher de l'église du village le plus proche, où je pouvais me rendre à vélo. Philippe s'était un peu éloigné de son travail hivernal, mais, comme il avait toujours rêvé de vivre à la campagne, il ne s'en plaignait pas. L'été, lorsqu'il reprendrait les visites guidées, nous fermerions la maison et je le suivrais partout où il irait. Tout s'annonçait sous les meilleurs auspices.

Huit mois de bonheur sans nuages s'étaient écoulés lorsque David me contacta, mettant ainsi fin à son insupportable silence.

— Maman ? C'est moi.
— David ! Mon chéri, tu vas bien ?
— Ça va. Et toi ?
— Je ne pouvais rien demander de plus que d'entendre ta voix. Si tu savais comme ça me fait du bien !
— J'avais besoin de temps.
— Je comprends, je ne te reproche rien. Parle-moi, dis-moi ce que tu fais, raconte-moi ta vie.
— Karine et moi, nous allons nous marier. C'est pour ça que je t'appelle.
— C'est merveilleux ! Ce sera un mariage à l'église ou au civil ?
— Au civil. Je ne crois plus beaucoup au mariage religieux.
— David, si c'est à cause de l'exemple de ton père et moi, j'en suis désolée.
— Tu ne demandes pas comment il va ?
— J'espère qu'il remonte la pente.
— On ne peut pas dire ça, non.
— David, je ne veux pas discuter de cela avec toi. Inévitablement, nous en sortirons blessés tous les deux. Parlons de ton mariage, d'accord ?
— Papa sera mon témoin. Les parents de Karine savent que vous êtes séparés, mais ils ne comprendraient pas que tu ne sois pas là.
— C'est donc pour cette seule raison que tu m'invites à la cérémonie ?

— Non, je tiens à ce que tu y sois. Mais il n'est pas question que tu sois avec ton amant.

— Tu n'avais pas à le préciser, David. Jamais je ne t'aurais fait un tel affront le jour de ton mariage. Je suis heureuse de savoir que tu tiens à ma présence. Est-ce qu'un jour tu me pardonneras ?

— Je ne sais pas, mais prends cela comme un début.

— Oui, c'est un début et je vais continuer d'espérer. Je t'aime, David.

— Je..., moi aussi.

La ligne fut coupée sur ces mots chuchotés que j'étais pourtant certaine d'avoir bien entendus. Je serrai mon téléphone contre mon cœur comme s'il était fait de chair, d'os et de sang. Tout ne pouvait pas être blanc ou noir ; il fallait accepter les zones grises et parfois s'en contenter.

Toutefois, lorsque les détails du mariage me parvinrent par l'entremise de Karine dans les jours qui suivirent, je dus me répéter à plusieurs reprises ces paroles sages. Ils avaient décidé de se marier en janvier, comme Simon et moi à l'époque. Y avait-il un message derrière cette coïncidence ? De plus, nous étions en décembre ; soit ils avaient pris leur décision à la dernière minute, soit David avait hésité longtemps avant de m'inviter. Je savais que je me faisais du mal pour rien, mais c'était plus fort que moi.

Lorsque j'avais annoncé la nouvelle à Philippe en précisant qu'il ne pourrait pas m'accompagner, il avait tout de même insisté pour faire le voyage avec moi. Nous avions prévu de prendre une semaine de vacances et j'étais enchantée. La neige me manquait ; nous en avions très peu dans notre coin de pays, et je me promettais de m'y ébattre comme une gamine.

Juste avant Noël, cependant, Philippe revint de Marmande avec un air soucieux. Il y avait rencontré Charles qu'il voyait régulièrement.

— Que se passe-t-il, Philippe ?
— C'est Sonia. Elle ne va pas bien depuis l'automne.
— Pourquoi ne m'en as-tu rien dit quand je te demandais de ses nouvelles ?
— Parce que je n'en savais rien avant aujourd'hui. Lorsque je la rencontrais, je voyais bien qu'elle maigrissait, mais je présumais que c'était dû à notre séparation. Elle avait fait promettre à Charles de ne rien me dire en lui faisant croire que ce n'était rien de grave, mais il était trop inquiet pour me cacher son état plus longtemps.
— Qu'est-ce qu'elle a ?
— Elle fait de l'anémie et, jusqu'à maintenant, les médecins ne trouvent pas où en est la source.
— Est-ce qu'ils soupçonnent quelque chose de grave ?
— Il paraît qu'ils ont écarté les pires hypothèses. C'est probablement juste un déséquilibre de certains enzymes, ou quelque chose comme ça, mais la difficulté, c'est de trouver lesquels sont défectueux. C'est ce qu'elle m'a expliqué, en résumé.
— Tu l'as vue ?

— Dès que Charles m'a confié ses inquiétudes, je suis allé chez elle.

— Comment l'as-tu trouvée ?

— Pas très en forme, mais, tu la connais, elle ne tient pas en place. Néanmoins, j'ai remarqué qu'elle avait un peu moins d'énergie qu'avant.

— Est-ce qu'elle a dû cesser de travailler ?

— Elle ne veut pas. Elle dit que ce serait une insulte à tous les enfants qu'elle soigne et qui, même s'ils sont proches de la mort, ne baissent jamais les bras.

— Elle en serait déjà là ?

— Non, elle est encore persuadée que ce n'est rien de grave. Jusqu'à preuve du contraire, je suis bien obligé de la croire. Tu m'en voudrais beaucoup si je te disais que, si son état empire, je ne t'accompagnerai pas au Québec ?

— Bien sûr que non, je comprendrais parfaitement. Je sais que tu tiens à elle et c'est la mère de ton fils. Je trouve normal que tu veuilles être là pour elle en cas de besoin.

— Merci, mon amour. Attendons de voir les événements avant de prendre une décision.

CHAPITRE 57

Notre premier Noël ensemble fut empreint de nostalgie. C'était la première fois que nous passions cette fête en l'absence de nos fils respectifs. J'avais téléphoné chez David, mais, comme Simon était là ainsi que les parents de Karine, il ne m'avait pas beaucoup parlé. Cependant, Karine s'était emparée du combiné pour m'annoncer la plus merveilleuse nouvelle qui soit : elle était enceinte de trois mois et demi. Ils avaient attendu d'être sûrs que tout allait bien avant d'en parler, étant donné que quelques saignements au tout début de la grossesse leur avaient fait craindre une fausse couche. Dès que tout danger avait été écarté, ils avaient décidé de se marier. Elle m'apprit que c'étaient ses parents qui avaient insisté pour que la cérémonie ait lieu rapidement, avant que ses grands-parents maternels ne partent passer l'hiver en Floride. Tout s'expliquait. Je m'étais donc fait du mauvais sang pour rien.

Il s'avéra également que nous nous étions inquiétés pour Sonia sans véritable raison. Ce fut Charles qui nous en informa lorsqu'il vint au Nouvel An. Sa mère remontait la pente à un rythme qui impressionnait même son médecin, nous apprit-il. Nous achetâmes donc nos billets et préparâmes notre escapade d'une semaine dans la neige du pays de mon enfance.

En fait, ce fut un froid intense qui nous accueillit à la descente de l'avion. La neige était là en grande quantité, mais pas question d'y batifoler plus de quelques minutes d'affilée. La semaine serait longue si nous ne pouvions faire aucune activité hivernale, et cela refroidit – c'était le cas de le dire – quelque peu mon humeur. Le lendemain, cependant, le thermomètre était remonté de plusieurs degrés, et de gros flocons tombaient mollement en tourbillonnant. Je décidai que c'était un heureux présage pour le mariage qui avait lieu ce jour-là.

Les échanges que j'avais eus avec mon fils depuis l'annonce de son mariage avaient été trop succincts pour que je sache à quoi m'attendre de sa part, aussi je passais de l'angoisse la plus totale à l'euphorie la plus folle à un rythme qui étourdissait Philippe.

Néanmoins, dès que j'entrai dans la salle de réception, il vint m'accueillir avec Karine et, après que celle-ci m'eut serrée chaleureusement dans ses bras, il fit de même et j'ignorai délibérément sa légère hésitation pour profiter pleinement du moment présent. Cela faisait presque un an que je ne l'avais pas vu et je ne me privai pas de l'embrasser, les larmes aux yeux.

Karine m'entraîna à sa suite pour me présenter à ses parents. Je ne sentis aucun jugement de leur part, ce qui me soulagea et me confirma tout à la fois que ma peur de ce que les gens pouvaient penser de moi n'avait pas totalement disparu.

Soudainement, alors que je discutais avec eux, je vis que leur attention était détournée vers un nouvel arrivant. Je me retournai discrètement et vis alors Simon qui faisait son entrée. Mon cœur se serra lorsque je constatai à quel point il avait changé. On aurait dit un vieillard. Nos regards se croisèrent et il tressaillit.

Au même moment, le représentant de l'État annonça le début de la cérémonie civile, mais, alors que tout le monde s'était déjà regroupé derrière les mariés et leurs témoins, Simon chuchota quelque chose à l'oreille de David. Notre fils lui adressa un regard surpris, et les mots « tu es sûr ? » se dessinèrent sur ses lèvres ; après quoi, Simon acquiesça gravement. David se racla la gorge et se retourna en me cherchant du regard.

— Maman, ta place est ici, avec nous.

Mon cœur faillit éclater de bonheur. Simon et David m'avaient enfin pardonné.

CHAPITRE 58

Le temps doux avait perduré et nous avions profité pleinement de notre semaine de vacances. Entre le ski, les descentes sur des chambres à air, les bonshommes de neige et le patinage, nous avions souvent vu les nouveaux mariés, et chaque rencontre avait été meilleure que la précédente. Ils nous avaient même promis de venir nous présenter leur poupon à l'automne.

Toutefois, une mauvaise nouvelle nous attendait à notre retour. Dès le lendemain, Charles téléphona à son père pour l'informer que Sonia avait été hospitalisée durant notre absence pour faire des examens. Philippe se précipita à son chevet, malade d'inquiétude. Il revint quelques heures plus tard dans un triste état. Le verdict était tombé : Sonia était atteinte d'un cancer généralisé.

Il pleura dans mes bras et je mêlai mes larmes aux siennes. Si j'avais pu, il ne faisait aucun doute que j'aurais voulu être aux côtés de Sonia dans un moment pareil.

Comme s'il avait lu dans mes pensées, Philippe me tendit une enveloppe un peu froissée sur laquelle mon nom était apposé. Le cœur serré, je devinai intuitivement qu'elle venait de Sonia. Je la saisis délicatement avant de reporter mon regard sur Philippe.

— Elle veut me voir, n'est-ce pas ?

— Je ne l'ai pas lue, mais ça ne m'étonnerait pas. Les choses se sont arrangées avec Simon et David, et pourtant, ils t'en voulaient à mort. Tu sais que ça n'a jamais été le cas de Sonia.

— Je le sais. C'est peut-être le fait de savoir ce qui l'attend qui me rend la situation si difficile. Quand on a fait ce que j'ai fait, c'est normal de se sentir coupable, sauf que, en l'occurrence, j'ai l'impression d'avoir volé le dernier repas d'un mourant, celui qui l'aurait sauvé d'une mort certaine.

— Elle n'était pas malade lorsque nous sommes tombés amoureux l'un de l'autre.

— Ça ne change pas grand-chose à l'affaire.

— Commence par lire ce qu'elle a écrit. Ce n'est peut-être pas ce que tu crois.

Ma chère Delphine,

Tu connais sûrement mon sort à l'heure actuelle et je suis persuadée que tu te sens encore plus coupable que tu ne l'étais déjà. Je ne veux pas partir avant d'avoir fait la paix avec toi. Lorsqu'on est confronté comme moi à la précarité de la vie à un âge relativement jeune, tout ce qui nous atteignait moralement nous semble soudainement futile, et nous n'aspirons plus qu'à nous accrocher à ce qui nous a rendus le plus heureux. Tu fais partie de plusieurs de ces moments merveilleux qui ont parsemé mon existence. J'espère de tout cœur que tu répondras à mon appel.

Sonia

Je pleurais à chaudes larmes lorsque je terminai la lecture de ce message bouleversant. Je le tendis à Philippe avant de courir me jeter sur notre lit. Lorsqu'il vint me rejoindre un peu plus tard, j'avais retrouvé mon calme, et ma décision était prise : j'irais voir Sonia le lendemain matin.

CHAPITRE 59

Lorsque j'entrai dans la chambre d'hôpital, le choc de revoir Sonia fit passer ma gêne au second plan. D'après ce qu'en avait dit Philippe, elle avait terriblement changé durant les derniers jours, comme si le cancer avait rassemblé ses forces pendant des mois avant de partir à l'assaut de sa victime. Elle avait avoué à Philippe et à Charles qu'elle se savait atteinte depuis longtemps, mais qu'elle n'avait pas voulu ternir les derniers mois de sa vie en lisant la souffrance dans chaque regard qui se poserait sur elle.

Elle ne m'avait pas encore vue et je la détaillai plus minutieusement avant de révéler ma présence.

Je réalisai qu'elle n'était, en fait, pas si maigre, mais que c'étaient sa pâleur extrême et ses cernes immenses qui la faisaient paraître plus frêle qu'elle ne l'était. Son ventre aussi était distendu anormalement, mettant ainsi en relief l'ossature plus apparente de ses hanches. Je dus faire un mouvement, car elle se retourna brusquement vers moi et me tendit la main sans manifester aucune surprise, comme si elle attendait déjà mon arrivée. Je m'approchai en serrant les dents, mais mes bras pendaient le long de mon corps, incapables du moindre mouvement. Elle se pencha et vint saisir mes doigts raides pour m'attirer vers son lit, où elle me fit asseoir près d'elle.

Je la regardai tristement et elle me sourit, de ce sourire affreux que les gens malades adressent à ceux qu'ils aiment pour les consoler, de ce sourire qui se veut courageux, alors que le monde s'écroule autour d'eux. Je dégageai ma main et me détournai d'elle, incapable de supporter plus longtemps cette mascarade. Je me retenais de hurler, de colère, de chagrin, de trahison. Mais qui étais-je pour parler de trahison ? Moi, l'infidèle, la maîtresse ?

Je saisis ma tête entre mes deux mains en gémissant. De quel droit, mon Dieu, de quel droit je l'accusais, elle, de ma propre infamie ?

Je me retournai vers elle, prête à lui annoncer que j'avais fait une erreur en venant, mais les mots moururent sur mes lèvres. Sonia ne faisait plus semblant. La panique que je lisais dans son regard me fit oublier instantanément mes petits problèmes existentiels de conscience. Instinctivement, je la pris dans mes bras, et elle s'accrocha à moi comme à sa dernière bouée de sauvetage. Nous pleurâmes longtemps, puis vint le moment des confidences et des aveux.

— Je ne mérite pas d'être ici, lui dis-je entre deux sanglots.

— J'ai toujours voulu avoir une amie comme toi. D'habitude, je finis par énerver les gens à cause de mon exubérance. Mais j'ai toujours trop aimé la vie ; c'était ça, mon plus grand défaut.

— Ne sois pas ridicule, tu ne sais plus ce que tu dis. Ce n'est pas un défaut d'aimer la vie.

— Quand on va mourir, si. Je n'ai aucune chance de guérison.

— Combien de temps te reste-t-il ?

— Quelques semaines, peut-être trois mois si j'ai de la chance.

J'accusai le coup. Je ne croyais pas que cela irait si vite.

— Et la chimiothérapie ?

— Cela ne ferait que retarder l'échéance. Je souffre déjà beaucoup et on ne peut pas m'assurer que cela me soulagera, alors, j'ai fait le choix de refuser tout traitement.

— Ton courage me sidère.

— Je ne suis pas courageuse, tu te trompes. Je meurs de trouille, mais, maintenant que tu es là, ça va aller mieux, je le sens. Je ne voulais pas partir en laissant un dossier non réglé.

Mon cœur s'arrêta de battre et se recroquevilla dans ma poitrine avant de repartir sauvagement à l'assaut et d'enfler jusqu'à envahir tout mon être. Je n'étais plus qu'un cœur qui saignait et qui menaçait d'éclater. Nous entrions donc dans le vif du sujet. Tant que nous n'abordions pas ce qui nous avait séparées, il était facile de faire comme si rien ne s'était passé, mais je savais qu'on devait en venir là à un moment ou à un autre. Seulement, je ne m'étais pas préparée à ce que cela survienne aussi rapidement. Évidemment, son temps à elle était compté.

— Tu veux bien qu'on en parle ? me demanda-t-elle d'une voix douce.
— Est-ce qu'il le faut vraiment ?
— Tu sais bien que oui. Je veux dissiper au plus tôt ce malaise sous-jacent entre nous.

Je lui fis signe de continuer en baissant la tête. Je ne me résignais pas à la regarder dans les yeux pendant qu'elle me parlerait de ma fourberie.

— Philippe ressent quelque chose quand il touche les pierres. Je n'ai jamais compris ce que c'était. Mais toi, tu ressens la même chose. C'est comme ça que j'ai compris.
— Que tu as compris quoi ?
— Que tu étais son âme sœur, celle qu'il attendait.
— Sonia, ne nous cherche pas d'excuses.
— Tu sais que c'est vrai. Tu as toujours été très terre à terre et tu continues de fermer les yeux sur l'évidence parce que ça te fait peur. Tu ne te sentais pas à ta place dans ta propre vie, cela se voyait même si tu faisais beaucoup d'efforts pour le cacher. Pourquoi crois-tu que c'était comme ça ? J'étais là quand nous vous avons fait visiter la Dordogne. Ose me dire que tu n'avais pas l'impression d'avoir atteint ton but.
— Pourquoi ne me détestes-tu pas ? Pourquoi essaies-tu de justifier mes crimes contre toi ? Je t'ai volé ton mari, moi que tu considérais ton amie.

N'essaie pas de me faire croire que tu n'en as pas souffert, que tu ne t'es pas sentie trahie.

— J'ai ressenti tout cela, bien sûr. Je ne suis pas une sainte. Mais quand je suis tombée malade, j'ai tout de suite pressenti le pire, même si les examens ne révélaient rien. Tu connais mon optimisme, mais là, il ne m'était d'aucun secours. Je sentais le mal dans tous mes os.

— Dis alors que tu ne t'es pas battue, que tu as abdiqué, que tu m'as cédé la place.

— Non, c'est faux. Il y avait Charles, vois-tu. C'est lui mon plus grand amour et je me devais de lutter pour lui. Dans la vie, il faut choisir nos batailles et c'est celle-là qui me tenait le plus à cœur. Je l'ai perdue, mais j'ose croire que je laisserai un bon souvenir derrière moi, celui, entre autres, d'une femme qui pardonne à ceux qu'elle aime. Et tu fais partie de ces gens-là.

— Tu ne te rends pas compte, Sonia. Tu m'aimes, dis-tu, mais tu avais le droit de cesser de m'aimer après ce que j'avais fait. Personne ne t'en aurait tenu rigueur, crois-moi. La majorité des gens – que dis-je, la totalité, sauf quelques rares exceptions et encore ! – agissent ainsi. Il aurait été plus normal que tu pardonnes à Philippe et pas à moi. Tu ne me devais rien, Sonia, surtout pas de la loyauté.

— Comme je te l'ai dit dans ma lettre, quand on approche de la fin, on se concentre sur le bon et on oublie le mauvais. J'ai essayé de te détester, mais je n'y arrivais pas.

— Tu es fatiguée, tu devrais te reposer.

— Oui, mais est-ce que tu reviendras ?

— Si tu le désires, je le ferai.

— Non, pas comme ça. Pas comme si je te forçais. Si tu n'en as pas envie, laisse tomber.

— Tu es vraiment prête à ce que je fasse partie de ta vie ?

— Plus que jamais. Je vais mourir, Delphine. Tout le reste n'a plus d'importance, tu comprends ? Tu as dit tantôt que j'avais le droit de ne pas te pardonner. Oui, j'ai le droit. J'ai le droit de faire ce que je veux. Je ne suis plus assujettie à des règles ou à des principes qu'on nous impose à la naissance et qu'on traîne toute notre vie sans oser les transgresser par peur du jugement. Je veux mourir libre de toutes ces contraintes qui nous étouffent trop souvent.

— Tu t'échauffes trop, calme-toi. Je reviendrai, je te le promets. Tu m'as manqué, toi aussi. Je t'accompagnerai jusqu'à la fin, je ne t'abandonnerai pas, je te le jure.

Je l'avais forcée à s'étendre et je caressais son front moite en lui parlant doucement pour qu'elle s'endorme, ce qu'elle fit sans tarder.

Mes paroles étaient sincères, je le lui prouverais dès le lendemain.

CHAPITRE 60

— Philippe, si je me souviens bien, Sonia a une sœur, Rachel, et sa mère vit toujours, n'est-ce pas ?

— C'est exact, mais elle ne peut pas tellement compter sur leur aide. Sa mère a plus de quatre-vingts ans et sa sœur vit maintenant en Suisse.

— Et si je te proposais de la ramener chez elle et de nous en occuper ?

— Tu es sérieuse ? J'y pensais sans arrêt, mais je n'osais pas t'en parler. Votre rencontre s'est bien déroulée, à ce que je vois.

— Aussi étrange que ça puisse paraître, elle tient vraiment à moi. J'ai tenté de lui résister par pudeur, mais elle m'a convaincue de sa sincérité. Je veux vraiment être là pour elle jusqu'à la fin.

— Est-ce une façon de te racheter ?

— Non. Mais maintenant que tu le dis, est-ce que ce serait mal que je profite de cette occasion pour le faire ?

— Pas du tout, mon amour.

— J'ai toujours senti qu'elle aurait pu devenir une amie si les circonstances avaient été autres. Aujourd'hui, elle m'a fait comprendre que tout cela ne compte plus. Je veux donc lui donner ce qu'elle a toujours mérité et je veux profiter de sa présence à chaque instant de la vie qu'il lui reste. Si cela rachète mes fautes passées, c'est tant mieux, mais ce n'est pas mon but.

— Je comprends parfaitement. Comment vois-tu les choses ?

— Fermons la maison et installons-nous avec elle. Tu pourras donner tes cours quand même, je serai là en permanence pour veiller sur elle.

— Non, je veux être là aussi. Je vais me faire remplacer.

— Il faudra payer quelques soins à domicile. Nous ne sommes pas habilités à dispenser les traitements médicaux spécifiques à son état.

— Les assurances servent à cela, il n'y aura pas de problème. On la déménage quand ?

— Dès que nous obtiendrons l'accord de l'hôpital. Je suis certaine qu'elle remontera un peu la pente en retrouvant son décor familier.

Finalement, nous pûmes la transférer seulement deux jours plus tard, au grand dam de Sonia qui ne tenait plus en place. Nous lui avions parlé ensemble de nos projets, et elle nous avait serrés dans ses bras en pleurant de joie.

Les chambres étant à l'étage, nous avions monopolisé le salon pour installer la malade. Nous avions placé le lit de telle manière qu'elle pouvait avoir un œil sur presque tout le rez-de-chaussée.

Le déménagement avait épuisé ses dernières forces, et elle s'endormit dès son arrivée. Son état se détériorait rapidement, et j'espérais que mon pronostic s'avérerait juste.

Nous ne mangions plus beaucoup depuis que nous connaissions le sort de Sonia, mais, contre toute attente, je réalisai que j'avais faim et je me dirigeai vers la cuisine. J'inspectai les placards et le frigo sans y dénicher rien d'intéressant. Philippe m'avait suivie sans dire un mot. Il semblait complètement perdu.

— À partir de maintenant, nous allons prendre des repas normaux, à heures fixes.

— Je n'ai pas tellement d'appétit, tu sais…

— Nous nous forcerons. Elle ne doit pas nous voir dépérir, elle a besoin de retrouver un cadre normal et des gens sains autour d'elle pour lui donner le courage de lutter. Sinon, on n'avait qu'à la laisser à l'hôpital. Je vais faire une liste et tu iras faire les courses.

Ce fut ainsi que débuta cette portion de notre existence. Nous vivions en vase clos, complètement en dehors du temps. Nous ne sortions que lorsque nous y étions obligés, et toutes nos activités étaient centrées autour du lit que la malade ne quittait guère.

Le désir semblait s'être éteint entre Philippe et moi. D'un commun accord, nous avions décidé de faire chambre à part. Cela nous aurait paru par trop indécent de même seulement dormir ensemble. Sonia était notre principale préoccupation, à tous les deux. Petit à petit, elle reprenait un peu de vigueur, et nous ne ménagions pas nos efforts. Une infirmière venait une fois par jour pour lui donner certains soins. Je m'occupais des repas, de la lessive et du ménage, secondée par Philippe. Le reste du temps, nous le passions au chevet de Sonia.

Une routine s'était rapidement installée. L'un de nous deux était toujours près d'elle, même lorsqu'elle dormait, pendant que l'autre vaquait à ses occupations ou se reposait, tout simplement. J'avais déplacé la table de la salle à manger à proximité de son lit, et nous prenions nos repas en sa compagnie. Je savais qu'elle appréciait le geste. Charles, qui était lui aussi parti étudier à l'extérieur, téléphonait tous les soirs et était ébahi de constater l'amélioration de son état.

Lorsque ses forces le lui permettaient, Sonia exigeait qu'on l'assoie dans son fauteuil préféré et elle parlait. Dans ces moments-là, Philippe s'éloignait, les souvenirs qu'elle racontait lui étant trop douloureux.

— Je n'ai jamais été une beauté, me dit-elle un jour, et ma silhouette a toujours été un peu trop enrobée – enfin, plus maintenant. Aussi, je misais sur ma chevelure. Tu ne me croiras pas, mais je posais nue pour les étudiants en arts à l'université. À ce moment-là, mes cheveux étaient beaucoup plus longs, ils descendaient jusqu'au creux des reins et je les étalais de telle sorte qu'ils cachaient mes bourrelets disgracieux à la taille, mais en laissant mes seins à découvert. De toute façon, ils ne peignaient que des bustes, dans ce cours, si bien que je faisais l'affaire. Le plus drôle, c'était que, sur la toile, j'étais toujours plus belle qu'en vrai, comme si le charme qu'exerçaient mes cheveux roux abondants faisait oublier mes traits sans séduction.

Elle fit une pause pendant laquelle ses yeux se firent rêveurs, et son sourire, d'une douceur à fendre l'âme.

— Philippe a étudié la peinture pendant une session complète. Il était assez doué, mais c'est l'histoire, finalement, qu'il a choisie, au grand soulagement de ses parents, d'ailleurs. Il est entré dans la salle de cours, s'est installé, a tourné la tête vers moi et ce fut tout. Il n'a pas peint de tout le cours. Lorsque son professeur lui a demandé, à la fin, ce qui lui était arrivé, il a répondu qu'il n'aurait jamais pu reproduire une telle splendeur.

Elle émit un petit rire gêné en me lançant un regard en coin, comme pour vérifier si ses paroles m'avaient choquée ou tout simplement pour être certaine que j'écoutais encore.

— Nous n'avons pas beaucoup de points en commun, Philippe et moi. Nous avons été quand même heureux, nous formions un couple complémentaire. Tu as déjà remarqué que personne ne s'entend là-dessus ? Est-ce préférable que deux personnes amoureuses partagent les mêmes goûts, la même vision, ou doivent-elles au contraire se compléter, apporter à l'autre ce qu'il n'a pas ? Qu'en penses-tu, toi ?

— Je crois que, si l'amour est sincère et que le respect est présent, tout est possible.

— C'est ce que je pense aussi. Étais-tu heureuse avec Simon ?

Sa question me prit au dépourvu, et je restai silencieuse pendant quelques secondes.

— Je suppose que oui. Je l'ai cru longtemps, mais... Ça venait de moi, je trouvais que ma vie ne me ressemblait pas, ou plutôt qu'elle ne me ressemblait plus. À la fin, je m'y sentais comme une figurante. Mais c'était pareil dans mon travail. Je ne me sentais plus utile, j'avais l'impression que j'avais raté ma vocation, comme on dit.

— Tu semblais toujours sur le point d'exploser, comme si tu te retenais tout le temps. Philippe aussi me donnait cette impression, parfois. Je comprends pourquoi, maintenant.

Il y avait certains sujets encore trop sensibles dont je ne voulais pas discuter, comme celui-là. J'avais renié mes parents pendant si longtemps, allant même jusqu'à étouffer littéralement tout ce qui faisait mon essence, qu'il ne m'était pas encore facile d'y faire face, même si j'avais fait un long cheminement de guérison. Cela m'avait amenée à faire tant d'erreurs dans ma vie, en commençant par tromper Simon sur ma véritable nature, et ce, dès notre rencontre. Ne lui avais-je pas montré une image de moi totalement fausse, car créée de toutes pièces ?

Lorsque je me refermais ainsi, Sonia se taisait, sans insister, et je lui en savais gré. Elle ne tardait pas à réintégrer son lit, où le sommeil la terrassait une fois de plus.

CHAPITRE 61

Un jour, le sommeil la saisit en plein milieu d'une phrase et, après, elle ne fut plus guère consciente. Le lendemain soir, Philippe conseilla à Charles de revenir, ce qu'il fit sans tarder ; il arriva durant la nuit et la termina à son chevet. Sa sœur, Rachel, et sa famille, ainsi que leur vieille mère, débarquèrent à l'aube et, comme si elle n'avait attendu que ce signal, elle ouvrit les yeux, et un sourire très doux fleurit sur ses lèvres lorsqu'elle les vit tous rassemblés autour d'elle. Je me sentais comme une intruse et je m'étais un peu éloignée du lit, mais son regard accrocha le mien, et j'y lus une supplication muette que Philippe intercepta. Il me tendit la main et me fit une place près de lui.

Elle poussa un long soupir. Les êtres qu'elle avait le plus aimés, mais surtout qui l'avaient le plus aimée, étaient réunis autour d'elle, et elle pouvait maintenant s'en aller. Elle ferma les yeux lentement, comme à regret, et ne les rouvrit plus.

Elle s'éteignit deux heures plus tard.

CHAPITRE 62

Le lendemain des funérailles, nous prîmes la route assez tôt pour retourner chez nous. Les proches de Sonia nous avaient assuré qu'ils s'occuperaient de tout le reste, mais je soupçonnais que notre présence heurtait leurs valeurs et nous ne pouvions pas les blâmer. Ils avaient respecté les désirs de leur sœur et fille, mais, à présent qu'elle était partie, ils n'étaient plus obligés de feindre.

Il avait plu sans arrêt la veille, mais, ce jour-là, un soleil timide pointait derrière les nuages. Tout à coup, je réalisai que nous ne prenions pas le chemin de notre maison, mais je ne questionnai pas Philippe sur notre destination. Sans que je puisse vraiment reconnaître le paysage, je devinais intuitivement où il m'emmenait. Lorsque nous y parvînmes, l'éclaircie semblait s'être concentrée directement au-dessus du dôme déchiqueté dont je me souvenais si bien, l'abbaye de Sauve-Majeure…

Je m'arrêtai au même endroit que la fois précédente et je laissai les émotions m'envahir jusqu'aux larmes. Philippe se plaça en face de moi, et je vis qu'il était ému lui aussi. Alors, pour la première fois depuis que j'avais appris le destin tragique qui attendait Sonia, nous nous étreignîmes. Lorsque la paix revint dans nos cœurs, il recula d'un pas, mais garda mes mains serrées entre les siennes.

— Veux-tu m'épouser ?

J'aurais pu lui dire qu'il était trop tôt, que Sonia venait juste de mourir, que cela ne respectait pas les convenances, mais je sentis un frôlement sur ma nuque et, si, la première fois, j'avais imaginé des moines en bure flottant autour de moi, cette fois-ci, je fus certaine qu'il s'agissait d'elle.

— Tu l'as senti, toi aussi ? me demanda Philippe.
— Oui, ça ne peut être qu'elle. On dirait son parfum.

Et c'était vrai. Une fragrance de fleurs sauvages, celle qui s'échappait de ses cheveux lorsqu'elle les secouait, nous enveloppa et je fermai les yeux.

— Oui, je le veux.

Composition et mise en pages réalisées
par Text'oh! - 39100 Dole

Achevé d'imprimer par GGP Media GmbH, Pößneck
en juin 2015
pour le compte de France Loisirs,
Paris

N° d'éditeur : 81437
Dépôt légal : avril 2015
Imprimé en Allemagne